Psychiatrie fast

Autoren

PD Dr. med. Tom Bschor
Jüdisches Krankenhaus Berlin
Abteilung für Psychiatrie und Psychotherapie
Heinz-Galinski-Straße 1
13347 Berlin
t@bschor.de

Dr. med. Steffen Grüner
Schloßstraße 102
49080 Osnabrück
Dr.S.Gruener@t-online.de

Redaktion: Dr. D. Lorenz-Struve
Titelbild: Lucy Mikyna
Herstellung: Sylvia Engel

Wichtiger Hinweis

Der Stand der medizinischen Wissenschaft ist durch Forschung und klinische Erfahrung ständig im Wandel. Autor und Verlag haben größte Mühe darauf verwandt, dass die Angaben in diesem Werk korrekt sind und dem derzeitigen Wissensstand entsprechen. Für die Angaben kann von Autor und Verlag jedoch keine Gewähr übernommen werden. Jeder Benutzer ist dazu aufgefordert, Angaben dieses Werkes gegebenenfalls zu überprüfen und in eigener Verantwortung am Patienten zu handeln.
Geschützte Warennamen (Warenzeichen) werden nicht besonders kenntlich gemacht. Aus dem Fehlen eines solchen Hinweises kann also nicht geschlossen werden, dass es sich um einen freien Handelsnamen handele.

Die Deutsche Bibliothek verzeichnet diese Publikation in der Deutschen Nationalbibliografie; detaillierte bibliografische Daten sind im Internet über
<http://dnb.ddb.de> abrufbar.

© 1996–2006 Börm Bruckmeier Verlag GmbH
Nördliche Münchner Str. 28, 82031 Grünwald, www.media4u.com

3. Auflage, August 2006
Printed in China
ISBN 3-89862-243-6

Everything should be made as simple as possible, but not simpler.
(Albert Einstein zugeschrieben)

Liebe Psychiatrie-Schnellinteressierte,

wer zu **Psychiatrie fast** greift, will sich in kürzester Zeit das Grundwissen der Psychiatrie aneignen oder sucht ein besonders übersichtliches und kitteltaschengängiges Nachschlagewerk.

Für die psychiatriebegeisterten Autoren, die es eigentlich für unumgänglich halten, mehrbändige, meterbreite Wälzer zu studieren, um das Fach zu begreifen, war der permanente Zwang zum Verkürzen beim Schreiben dieses Buches eine Herausforderung, die mitunter an die Schmerzgrenze ging.

Doch die Verknappung kann für die Psychiatrie auch segensreich sein: Gerade ein Fach, das einerseits spannend ist, weil es zum Assoziieren und Interpretieren einlädt, und das andererseits wegen der Komplexität seines Gegenstandes, der Psyche, an der Schwierigkeit leidet, eindeutige Definitionen zu geben, benötigt in besonderer Weise eine klare Struktur. In diesem Sinne hoffen wir, dass **Psychiatrie fast** Ihnen Orientierung im weiten Feld der Seele und ihrer Erkrankungen bietet.

Kommentare und Verbesserungsvorschläge unserer Leserinnen und Leser sind uns jederzeit willkommen.

Dem Börm Bruckmeier Verlag danken wir für die hervorragende Unterstützung. Frau Dr. Gabriele Oepen sei für die kompetente Überarbeitung des Kapitels Kinder- und Jugendpsychiatrie gedankt.

Berlin und Osnabrück im August 2006

Tom Bschor (t@bschor.de)
Steffen Grüner (Dr.S.Gruener@t-online.de)

Psychiatrie pocketcard

*Ein echter Allrounder, ob am Krankenbett,
in der Notaufnahme oder bei der Chefvisite
– einfach unverzichtbar!*

- Eine konzise Zusammenfassung der Psychiatrie auf nur einer Karte

- Psychiatrische Untersuchung und Befunderhebung

- Glasgow-Coma-Scale

- Untersuchung des komatösen Patienten

- Therapie psychiatrischer Notfallsituationen

- Wichtige psychopharmakogene Notfälle

- Eine Tabelle mit Routinekontrollen bei psychotropen Substanzen runden die Karte ab

ISBN 3-89862-047-6
EUR 3,30 | sFr 6,80

Börm
Bruckmeier
Verlag

5

6   Inhalt

6. Neurotische, Belastungs- und somatoforme Störungen 68

11. Sexualstörungen 98

12. Suizidalität 102

13. Arzt-Patient-Beziehung und Psychotherapie 105

14. Psychopharmakotherapie 114

Kleine Einführung

Psychiatrie ist die Lehre von den seelischen Krankheiten, Psychologie die Lehre der psychischen Vorgänge im Menschen. Psychosomatik behandelt seelische Erkrankungen, die sich körperlich manifestieren.

Psychiatrische Erkrankungen haben vielfältige Ursachen, die sich häufig vermischen: Vererbung, prä-, peri- und postnatale Schäden, die Bedingungen des Aufwachsens in der Kindheit, äußere Belastungen und Traumata in Kindheit und Erwachsenenleben, organische Erkrankungen des Gehirns oder des gesamten Körpers, Medikamenten-, Alkohol- oder Drogenmissbrauch sowie unbekannte Faktoren.

Psychiatrische Erkrankungen treten ausgesprochen häufig auf. Die psychiatrischen Hauptdiagnosen sind Volkskrankheiten, die sich epidemiologisch mit den internistischen Volkskrankheiten wie Herz-Kreislauferkrankungen oder Diabetes mellitus vergleichen lassen. So ist die Psychiatrie – gemessen an der Zahl der Krankenhausbetten – nach der Inneren Medizin und der Chirurgie das drittgrößte medizinische Fach. (Der geneigte Leser hat also gute Chancen, auch jenseits dieses Buches und der Staatsexamina mit dem Fach in Berührung zu kommen ...)

1. Anamnese und psychopathologischer Befund

Zu einer diagnostischen Einordnung kann man nur gelangen, wenn man sowohl die Anamnese (Krankheitsvorgeschichte oder Längsschnittuntersuchung) als auch den psychopathologischen Befund erhebt. Wie bei der Befundbeschreibung anderer Organe (z.B. nach Auskultation und Perkussion der Lunge) trifft der psychopathologische Befund eine differenzierte Aussage über den Jetzt-Zustand des "Organs" Seele (Querschnittuntersuchung).
Die Untersuchung des seelischen Zustandes geschieht durch Beobachtung und durch ein nach bestimmten Regeln geführtes Gespräch.
Schließlich werden häufig Zusatzuntersuchungen benötigt, um zur Diagnose zu kommen. Hierzu gehören z.B. Labor, EEG, cCT oder cMRT oder psychologische Testverfahren wie z.B. sog. Leistungs- und Intelligenztests, Persönlichkeits- und projektive Tests. Ein Beispiel für einen projektiven Test ist der von Rorschach 1920 veröffentlichte Formdeutetest. Der Proband wird mit "Klecksfiguren" konfrontiert. Die Deutung des Patienten wird vom Untersuchenden meist tiefenpsychologisch interpretiert.

Man teilt den psychopathologischen Befund typischerweise in folgende Punkte ein:

Der psychopathologische Befund	
Bewusstsein: quantitativ, qualitativ	**Stimmung und Affekt**
Aufmerksamkeit und Konzentration	**Ängste:** Phobien, Panikattacken, generalisierte Angst
Gedächtnis: Langzeit-, Kurzzeitgedächtnis, Merkfähigkeit	**Zwänge:** Zwangsgedanken, -handlungen, -impulse
Orientierung: Zeit, Ort, Situation, Person	**Antrieb und Psychomotorik**
Denken: formal, inhaltlich	**Suizidalität**
Sinnestäuschungen, Wahrnehmungsstörungen	**Krankheitseinsicht und -gefühl**
Ich-Störungen	**Äußere Erscheinung & Verhalten**

1.1   Quantitatives Bewusstsein

Hierunter versteht man die Vigilanz (vigilare = wachen). Man unterscheidet (ähnlich wie bei der Glasgow-Koma-Skala):
- Wach (ungestörtes quantitatives Bewusstsein)
- Somnolent (schläfriger Patient, durch Ansprache erweckbar)
- Soporös (nur noch durch Schmerzreize erweckbar)
- Koma (nicht mehr erweckbar)

Störungen des quantitativen Bewusstseins haben meist organische Ursachen.

1.2   Qualitatives Bewusstsein

Ein eher schwierig zu verstehender Begriff. Störungen des qualitativen Bewusstseins äußern sich darin, dass ein Patient zwar wach ist (ungestörtes quantitatives Bewusstsein), aber dennoch nicht in der Lage, in vollem Umfang angemessen auf die Umwelt zu reagieren. Beispiele hierfür sind Alkoholintoxikationen oder der Zustand nach einem Grand-mal-Anfall (postiktaler Dämmerzustand). Man unterscheidet im Einzelnen:
- Bewusstseinseinengung: Nur bestimmte Aspekte gelangen ins Bewusstsein, z.B. bei wahnkranken Patienten, die die Umwelt nur noch selektiv unter dem Aspekt der Verfolgung wahrnehmen können.
- Bewusstseinsverschiebung: erweitertes, intensiviertes Erleben von Raum, Zeit und Sinnesempfindungen (z.B. im Zustand der Hypnose, nach Einnahme von Halluzinogenen)
- Bewusstseinstrübung: mangelnde Klarheit des Erlebens und Verstehens die eigene Person oder die Umwelt betreffend.

1.3   Aufmerksamkeit und Konzentration

Beurteilbar nach Beobachtung im Gespräch, nach Selbstbeurteilung des Patienten ("Können Sie einen ganzen Zeitungsartikel am Stück lesen?") oder durch kurze Aufgaben (Monate rückwärts aufzählen lassen, Rechenaufgaben wie 101 - 7 - 7 - 7 ...). Aufmerksamkeits- und Konzentrationsstörungen sind sehr unspezifisch und kommen nahezu bei allen psychischen Erkrankungen vor, können aber sehr gut herangezogen werden, um im Behandlungsverlauf Verbesserungen oder Verschlechterungen zu erfassen.

1.4 Gedächtnis (Mnestik)

Die mnestischen Funktionen werden oft grob in drei Kategorien eingeteilt:

- Merkfähigkeit: max. 10 Minuten. Test: Ich habe Ihnen vor 5 min. drei Gegenstände genannt – welche waren das?
- Kurzzeitgedächtnis: Zeitspanne nicht exakt definiert. Im Kurzzeitgedächtnis gespeicherte Informationen befinden sich in einem "aktiven" Zustand, in dem sie schnell zugänglich sind.
- Langzeitgedächtnis: alle längeren Zeitintervalle. Hierüber bekommt man meist bei der Anamneseerhebung einen guten Eindruck.
  Gedächtnisstörungen kommen vor allem bei organischen Erkrankungen wie z.B. Demenzen vor. Hier treten die Störungen zuerst bei der Merkfähigkeit und beim Kurzzeitgedächtnis auf, während die zu gesunden Zeiten gespeicherten Inhalte des Langzeitgedächtnisses oft noch recht gut abgerufen werden können (Möglichkeit, die Schwere einer Demenz grob einzuschätzen!).

Spezielle Formen mnestischer Störungen:

- Konfabulationen: Konfabulationen sind vom Patienten erfundene, aber von ihm selbst als real erachtete Erinnerungen. Sie werden gebraucht, um Erinnerungslücken meist sehr phantasievoll auszufüllen. Oft beim Korsakow-Syndrom zu finden.
- Paramnesien ("Trugerinnerungen"): Hierbei meint der Patient, sich an etwas zu erinnern, das gar nicht stattgefunden hat (Déjà vu: "schon gesehen", Déjà vécu: "schon erlebt") oder eine vertraute Situation noch nie erlebt zu haben (Jamais vu). Diese Störungen finden sich bei vielen neurologisch-psychiatrischen Krankheitsbildern, jedoch auch bei Gesunden, z.B. bei Erschöpfungszuständen (etwa nach einem Examen ...)
- Hypermnesie: verstärkte, überdeutliche Erinnerung (z.B. unter Drogeneinfluss).
- Amnesie "Erinnerungslücke": Für einen begrenzten Zeitabschnitt, der vor (retrograde Amnesie) oder nach (anterograde Amnesie) einem Ereignis wie einem epileptischen Anfall, einem Schädel-Hirn-Trauma (SHT) oder einem traumatischen Erlebnis (psychogene Amnesie) liegt, besteht keine Erinnerung.

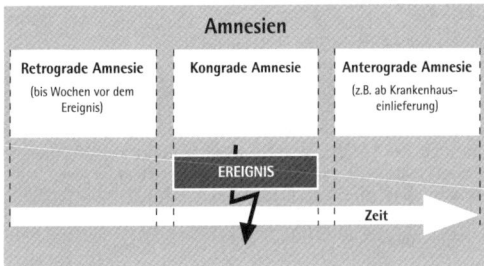

.5 Orientierungsstörungen

Ein Gesunder sollte zu den folgenden vier Qualitäten orientiert sein:
- Zeit ("Welches Datum ist heute?" - Immer auch Monat und Jahr erfragen!)
- Ort ("Wo befinden Sie sich jetzt?")
- Situation ("Was passiert hier gerade?" – etwa Aufnahmegespräch oder Visite)
- Eigene Person (Hier sind nur ganz grundlegende Fakten wie Name, Beruf und Geburtsdatum gemeint. Biografische Details sind eine Funktion des Langzeitgedächtnisses [s.o.]).
  Störungen finden sich vor allem bei organisch bedingten Psychosen, z.B. Demenzen.

Merke

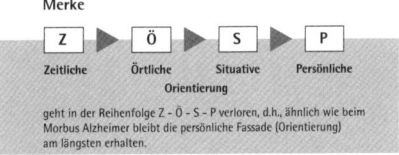

Die Orientierung geht zumeist in der Reihenfolge Z - Ö - S - P verloren. Dies hängt vermutlich damit zusammen, dass sich Zeit und Ort rasch ändern, die Angaben zur eigenen Person aber fast nie. Die Frage, zu welchen der vier Qualitäten ein Patient noch orientiert ist, liefert also einen Anhaltspunkt zur Schwere der Erkrankung.

1.6 Denken

Das Denken wird nach zwei vollkommen unterschiedlichen Gesichtspunkten beurteilt. Es gibt:

- formales Denken und
- inhaltliches Denken.

Da das Denken nicht direkt beobachtbar ist, wird es über die Sprache des Patienten beurteilt. Dies stellt ein grundsätzliches, nicht lösbares methodisches Problem dar, da eine sichere Unterscheidung zwischen Denk- und Sprachstörungen nicht möglich ist.

1.6.1 Formales Denken

Beschreibt den Denkablauf, wie der Patient denkt. Das formale Denken ist ein besonders wichtiger Punkt des psychopathologischen Befundes, da es bei vielen ganz unterschiedlichen Erkrankungen gestört ist, zumeist aber in einer recht spezifischen Weise. Das formale Denken eignet sich daher besonders gut für differentialdiagnostische Entscheidungen. Es kann bereits aus dem Verlauf eines längeren (Anamnese-)Gesprächs recht gut beurteilt werden. Ein ungestörter formaler Denkablauf ist kohärent (zusammenhängend, einem logischen Aufbau folgend) und von angemessener Geschwindigkeit. Typische formale Denkstörungen sind in der folgenden Abbildung beschrieben.

Ungestörtes formales Denken

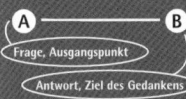

Kohärent, von angemessener Geschwindigkeit
"Mein Arzt hat mir das Medikament vor 3 Wochen verordnet, seither nehme ich es."

Weitschweifiges (umständliches) Denken   (Häufig bei z.B. Demenz)

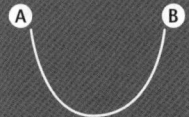

Über viele Umwege, bei denen Wesentliches von Unwesentlichem nicht getrennt wird, gelangt das Denken ans Ziel.
"Da bin ich erst bei Doktor A gewesen, der hat meine Schmerzen auf die Behandlung durch die Orthopädin zurückgeführt. Bei der war ich nämlich wegen dem und dem schon seit einem halben Jahr in Behandlung. Und von der hatte ich ja zunächst die grünen Tabletten. Weil mir durch die aber immer so übel war, ... und daher nehme ich jetzt seit 3 Wochen diese Tabletten. ..."

Ideenflüchtiges (assoziativ gelockertes) Denken   (Häufig bei z.B. Manie)

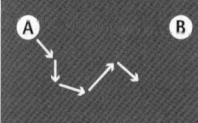

"Vom Hölzchen aufs Stöckchen." Der Patient gibt sich selbst immer neue Assoziationen (die für den Außenstehenden noch nachvollziehbar sind) und verliert das ursprüngliche Ziel aus den Augen. In einer Manie ist das Denken zudem zumeist beschleunigt.
"Dieses Medikament habe ich von Dr. A. Mit Vornamen heißt der Stefan. Genau wie mein Vater. Den habe ich letzte Woche auf dem Markt getroffen. Auf dem Markt bekommt man frische Nordseekrabben. Wussten Sie, dass ich schon als Fünfjähriger in der Nordsee geschwommen bin?"

Zerfahrenes (inkohärentes) Denken   (Häufig bei z.B. Schizophrenie)

Der Gedankengang ist für den Außenstehenden nicht mehr nachvollziehbar. Sätze, Halbsätze, Wörter oder Laute reihen sich ohne erkennbaren Zusammenhang aneinander.
"Die Tablette, nicht laut, im roten Nass bin ich so Pferd."

Grübelnd und verlangsamt, gehemmt   (Häufig bei z.B. Depression)

Grübeln ist das unproduktive, vom Patienten nicht gewollte Zwangskreisen der immer wenige Sorgen. "Verlangsamt" bezeichnet die objektive Verlangsamung des Gedankengangs (und damit der Sprache), "gehemmt" das subjektive Erleben, dass das Denken langsamer und zäher ist als üblich.

Ferner grenzt man ab:
- Perseverationen: pathologisches Haften an einem Thema oder Begriff (oft bei hirnorganischen Psychosyndromen)
- Gedankensperre: plötzlicher Abbruch eines flüssigen Gedankengangs (objektiv zu beobachten); Gedankenabreißen: subjektiv erlebter Abbruch des Gedankengangs (oft bei Schizophrenie)

- Vorbeireden: Patient beantwortet die Frage nicht, obwohl er sie verstanden hat. DD: Auffassungsstörung: Der Patient versteht die Frage nicht. (Probe: "Haben Sie meine Frage verstanden, können Sie sie bitte wiederholen?")
- Kontamination: Verschmelzung mehrerer Wörter zu einem neuen (geläufiges Beispiel: "Brunch" aus "Breakfast" und "Lunch")
- Verbigeration: ständiges und sinnloses Wiederholen eines bereits verbalisierten Gedankens/Wortes ("The ring is mine!")
- Neologismen: ungewöhnliche semantische Neuschöpfungen ("Sind Sie mein Psychotöter?")

1.6.2 Inhaltliche Denkstörungen (Störungen des "Was denkt der Patient?")

Die wichtigste und schwerwiegendste Störung des inhaltlichen Denkens ist der Wahn.
Definition: Wahn ist die unverrückbare Überzeugung (= Denken!) von Etwas das mit der Realität nicht übereinstimmt.
Wahn ist durch die drei Wahnkriterien nach Jaspers charakterisiert:
- Unmöglichkeit des Inhalts
- Subjektive Gewissheit
- Unkorrigierbarkeit
(Elvis-Fan über Nicht-Elvis-Fan: "Dieser Spinner denkt wohl auch, dass Elvis tot sei.")
Bei Wahnsymptomen muss man stets die Form von dem Inhalt des Wahns unterscheiden.

Formen des Wahns

Wir unterscheiden:
- Wahnstimmung: Der Kranke fühlt, dass etwas Unheilvolles in der Luft liegt, ohne es bereits konkret benennen zu können. Kommt zum Beginn einer Wahnentwicklung vor.
- Wahngedanke: ein einzelner wahnhafter Gedanke ("Ich stamme von Außerirdischen ab").
- Wahnwahrnehmung: Einer realen Wahrnehmung wird eine wahnhafte Bedeutung (zumeist mit Eigenbezug) beigemessen (eine achtlos weggeworfene Cola Dose wird als Zeichen, dass die eigene Mutter in Gefahr sei, gedeutet; "Autos haben abends Lichter an, also wollen sie mir mitteilen, dass ich von Gott berufen bin").

- Wahndynamik: Das Ausmaß der emotionalen Beteiligung des Patienten an seinem Wahn. Hohe Wahndynamik ist prognostisch eher günstig(!).

Inhalte/Themen des Wahns

Häufig kommen vor:
- Schuldwahn
- Versündigungswahn
- Verarmungswahn (obwohl der Kranke ausreichend Geld hat)
- Krankheitswahn (hypochondrischer Wahn): die feste Überzeugung, z.B. an AIDS oder Alzheimerdemenz erkrankt zu sein (trotz gegenteiliger Untersuchungsbefunde)
  Alle vier insbesondere bei schweren Formen der Depression.
- Beziehungswahn (auch Zufälliges wird auf sich selbst bezogen)
- Verfolgungswahn (Paranoia). Beeinträchtigungswahn: häufig bei Schizophrenie, aber z.B. auch bei Schwerhörigen, Alleingelassenen, in der Fremde)

! Terminologie: paranoid = (verfolgungs-)wahnhaft

- Liebeswahn ("Der Innenminister liebt mich – er zwinkert mir immer im Fernsehen zu!"): die wahnhafte Überzeugung, ein anderer sei in den Wahnkranken verliebt
- Eifersuchtswahn (häufig bei Alkoholikern: "Wenn ich nach Hause komme, sind die Kissen zerknautscht, ergo betrügt mich meine Frau mit jemand anderem.")
- Dermatozoenwahn ("Wenn ich die Augen schließe, krabbeln kleine Tiere über mich."): Als Beweis zeigen die Patienten die vermeintlichen Tierchen während der Visite, wo sie dann oft als Haare o.Ä. identifiziert werden können.
- Größenwahn (Megalomanie): etwa bei Manien ("Ich bin auserkoren, die Welt zu retten")
- Symbiotischer Wahn (Folie à deux: eine zweite Person, zumeist ein naher Angehöriger, ließ sich vom Wahn anstecken und teilt diesen)
- Nihilistischer Wahn (Cotard-Syndrom): Patient zweifelt die Existenz seines Körpers, seiner Seele oder der Welt an (z.B. bei schwerster Depression)

Wahnhafte Depression	Versündigungswahn, Verarmungswahn, Schuldwahn, Krankheitswahn
Alkoholismus	Eifersuchtswahn
Manie	Größen-, Reichtums-, Berufswahn
Schizophrenie	Vergiftungs-, Verfolgungs-, Beziehungswahn, Liebeswahn

1.7 Sinnestäuschung und Wahrnehmungsstörungen

Wir nehmen mit unseren fünf Sinnen wahr. Auf allen fünf Sinnesgebieten kann es zu krankhaften Störungen der Wahrnehmung kommen. Die wichtigsten sind Halluzinationen, Pseudohalluzinationen und Illusionen.

1.7.1 Halluzinationen

Etwas "Nichtreales" wird vom Patienten wahrgenommen, z.B.:
- Akustische Halluzinationen, z.B. Stimmenhören (Phoneme = Worte, Sätze) (häufig bei Schizophrenie) oder eigene Gedanken (Gedankenlautwerden) oder primitive Geräusche (Knarren, Knacken etc.) = Akoasmen
- Optische Halluzinationen (Blitze, weiße Mäuse etc., z.B. im Delirium)
- Olfaktorische Halluzinationen = Geruchshalluzinationen (z.B. bei Epilepsie)
- Gustatorische Halluzinationen = Geschmackshalluzinationen
- Coenaesthetische Halluzinationen (Coenaesthesien) = Leibeshalluzinationen ("Ich fühle einen schweren Stein in meiner Brust.")

1.7.2 Pseudohalluzinationen

Der Patient erkennt den Trugcharakter ("Ich sehe Robotermenschen ohne Kopf, ich weiß aber, dass sie nicht da sein können.")

1.7.3 Illusionen

Etwas Tatsächliches, Reales wird verkannt/als etwas anderes erkannt. Dieses Verkennen kann durch den Affekt des Patienten beeinflusst werden (ängstlicher Knabe hält Nebelschwaden für den Erlkönig).

Außerdem:
- Pareidolien: Etwas "Realem", das als real wahrgenommen wird, wird etwas "Nichtreales" hinzugefügt, z.B.: "Das Auto dort wird von Atomstrahlen angetrieben."

IMPP Pareidolien werden im Gegensatz zur Illusion nicht vom Affekt beeinflusst.

Ebenso fallen in diese Gruppe die einfachen Wahrnehmungsveränderungen, bei denen "Reales" zwar erkannt, aber qualitativ oder quantitativ verkannt wird:
- Optische Wahrnehmungsveränderungen (Metamorphopsien = Verzerrtsehen, Mikro- bzw. Makropsien = Kleiner- bzw. Größersehen)
- Intensitätsveränderungen: Intensitätsminderung ("alles grau"), Intensitätssteigerung (bei Manie)

Nicht zu den Wahrnehmungsstörungen, sondern zu den Denkstörungen gehören die **Wahnwahrnehmungen** (s.o.).

1.8 Ich-Störungen

Eine besondere Form psychopathologischer Symptome, die insbesondere bei Schizophrenie vorkommt und mit einer Störung der Grenze zwischen dem eigenen Ich und der Umwelt einhergeht; z.B. Fremdbeeinflussungserleben. Bsp.:
- Gedankeneingebung (fremde Gedanken werden von außen in meinen Kopf hineingegeben)
- Gedankenausbreitung (eigene Gedanken gehen auf andere Personen über)
- Gedankenentzug (die eigenen Gedanken werden von außen entzogen)
- Willens- oder Gefühlsbeeinflussung
- Leibliche Beeinflussung ("Radiostrahlen beeinflussen meinen Stuhlgang.")
- Depersonalisation (Die eigene Person wird als fremd erlebt: "Der Arm gehört nicht zu mir", "Ich fühle mich fremdartig verändert.")
- Derealisation (Die Umwelt wird als fremd erlebt: "Irgendwie ist die Umgebung nicht mehr wie vorher, ich kann aber nicht genau sagen, was anders ist.") Depersonalisation und Derealisation kommen auch bei Gesunden vor, z.B. bei schwerer Erschöpfung (vierter Tag im zweiten Staatsexamen).

1.9 Stimmung und Affekt

Stimmung beschreibt eine eher länger anhaltende Gefühlslage, wie z.B. Zufriedenheit oder Traurigkeit, während Affekte kürzere, aber zumeist heftigere Emotionen sind (z.B. Wut). Die Stimmung kann in Bezug auf ihre grundsätzliche Ausrichtung gestört sein (z.B. dauerhafte Niedergeschlagenheit in der Depression), Stimmung und Affekt bezüglich ihrer Steuerbarkeit und Angemessenheit. Man unterscheidet folgende Formen der Störung von Stimmung und Affekt:

- Inadäquater Affekt oder Parathymie (jemand lacht auf einer Beerdigung)
- Affektinkontinenz (fehlende Beherrschung von Affekten; kleinste Auslöser genügen für einen Affektausbruch)
- Affektstarre, Affektstupor, auch "aufgehobene affektive Schwingungsfähigkeit" (Stimmung und Affekt können nicht mehr angemessen moduliert werden, sind unabhängig von äußeren Faktoren festgemauert)
- Affektlabilität (rasche, anlasslose Stimmungswechsel)
- Ambivalenz (Nebeneinander widersprüchlicher Gefühle)
- Hebephrener Affekt (läppischer, witzelnder, dem Ernst der Situation unangemessener Affekt, z.B. bei bestimmten Schizophrenieformen oder nach Cannabiskonsum)

1.10 Ängste

Angst gehört zum Leben und äußert sich immer psychisch und körperlich. Bei der krankhaften Angst unterscheidet man drei Hauptformen:

- Phobien: gerichtete und übermäßige Angst vor etwas Bestimmtem, z.B. vor Spinnen, Höhe, Menschenmengen, engen Räumen, dem Sprechen vor oder Beobachtetwerden von vielen Menschen (soziale Phobie)
- Panikattacken: plötzliche, anlasslose schwere Angstanfälle von bis zu ca. 30 Minuten Dauer (auch aus dem Schlaf heraus)
- Generalisierte Angst: dauerhafte, lang anhaltende unbestimmte Ängstlichkeit. Der Patient kann nicht angeben, wovor er sich genau fürchtet.

1.11 Zwangssymptome

Gedanken oder Handlungen, die vom Patienten kaum unterdrückt werden können, die aber im Gegensatz zur Wahnidee vom Patienten als widersinnig erkannt werden. Folgt der Patient den Zwängen nicht, so leidet er unter Unruhe und Ängsten. Sie kommen als eigenständige Erkrankung (Zwangsstörung) oder im Rahmen anderer Erkrankungen (z.B. Schizophrenie) vor. Zwangssymptome gibt es auch beim Gesunden (nachtdienstgestresster Assistenzarzt tastet ständig nach seinem Piepser).
Man unterscheidet 3 Formen:

- Zwangsgedanken: häufig aggressiven, sexuellen oder blasphemischen (gotteslästerlichen) Inhalts. (Patient muss – entgegen seinem Willen – 100-mal am Tag "Gott ist pädophil" denken).
- Zwangshandlungen (Patient wäscht sich am Tag 30-mal die Hände, kontrolliert, ob der Herd aus oder die Tür abgeschlossen ist, oder muss die Tapetenmuster zählen)
- Zwangsimpulse: ein Impuls, gegen den eigentlichen Willen etwas (Auto-)Aggressives zu tun, verbunden mit der Angst, die Kontrolle über sich selbst zu verlieren (z.B. aus dem Fenster zu springen, dem eigenen Kind ein Messer in den Körper zu rammen ...); wird in aller Regel nie ausgeführt.

1.12 Antriebsstörungen und psychomotorische Störungen

Antrieb

- Antriebshemmung: das subjektive Gefühl des mangelnden Antriebs (wohl jedem bekannt ...)
- Antriebsmangel: der objektive Mangel an Antrieb (z.B. bei Hypothyreose, Depression, Schizophrenie oder Tumorerkrankungen)
- Antriebssteigerung: etwa bei Manie.

Intentionalität

Die Fähigkeit, unser Tun, Denken oder Wollen auf ein Ziel auszurichten, also Pläne zu machen und Absichten zu verfolgen.

Psychomotorische Störungen

Psychomotorik ist die Gesamtheit der willentlich beeinflussbaren motorischen Äußerungen. Störungsformen sind u.a.:

- Mutismus (Schweigen trotz vorhandener Sprachfähigkeit; bei Kindern meist elektiv, d.h. nur gegenüber bestimmten Personen)
- Echopraxie (Patient macht alles nach)
- Echolalie (Worte oder Laute werden wiederholt)
- Katalepsie (erstarren in einer einmal eingenommenen Körperhaltung, z.B. bei katatoner Schizophrenie oder Enzephalitis)

IMPP	Kataplexie = affektiver Tonusverlust, jemand lacht, verliert den Muskeltonus und fällt hin; z.B. bei Narkolepsie.

- Katatonie (ausgeprägte Störung der Willkürmotorik zumeist im Rahmen einer Schizophrenie als z.B. katatoner Stupor [Erstarrung] oder katatoner Erregungszustand mit Angriffen auf andere [ein Zustand kann unerwartet in den anderen wechseln]
- Flexibilitas cerea (passive Beweglichkeit wie bei einer Wachsfigur, Patient verbleibt so)
- Negativismus (bei Aufforderung nach rechts zu gehen, geht Patient nach links)

1.13 Suizidalität

Das gesamte Spektrum von Lebensüberdruss bis hin zum starken konkreten Suiziddrang, siehe S. 102.

1.14 Krankheits- und Behandlungseinsicht, Krankheitsgefühl

Krankheitsgefühl und -einsicht können unabhängig voneinander vorhanden sein oder fehlen.

1.15 Äußere Erscheinung und Verhalten

Der "Joker-Punkt". Hier beschreibt man Kleidung, Körperpflege, Kontaktverhalten (schüchtern, distanzlos), Sprache (laut/leise, flüssig/stockend), Auffälligkeiten etc.

1.16 Der Weg zur Diagnose

Symptom → Syndrom → Diagnose

Verschiedene Symptome kommen häufig gemeinsam vor und werden daher zu Syndromen zusammengefasst (z.B. depressives Syndrom mit niedergeschlagener Stimmung, verlangsamtem und grübelndem formalem Denken, Schuldwahn, Antriebsverlust und psychomotorischer Verlangsamung). Ein Syndrom ist noch rein deskriptiv. So gibt es depressive Syndrome nicht nur bei der Depression, sondern auch bei Demenzen, Schizophrenien, Belastungsreaktionen u.a. Erst unter Hinzunahme der Anamnese und ggf. von Zuatzuntersuchungen kann i.d.R. die Diagnose gestellt werden (z.B. "depressive Phase einer bipolar affektiven Erkrankung"). Diese ist nicht rein deskriptiv, sondern impliziert Annahmen über Ätiologie, Prognose und Behandlungsmöglichkeiten. Die psychiatrischen Diagnosen sind in Diagnosesystemen und Klassifikationen aufgeführt. Diese Systeme erleichtern die Zu- und Einordnung:

- In den USA das DSM-IV (Diagnostic and Statistical Manual of Mental Disorders, 4. Auflage)
- In Europa die ICD-10 der WHO (International Classification of Diseases, 10. Auflage)

Terminologie "Psychose", "Neurose"

Ein häufig gebrauchter und leider nicht immer scharf definierter Begriff. "Psychose" ist ein Oberbegriff, keine Diagnose! Aber nicht jede psychische Erkrankung ist eine "Psychose". Die brauchbarste Definition sagt, dass jede psychische Erkrankung eine Psychose ist, die mit einer Störung des Realitätsbezugs einhergeht. Bestimmte Symptome weisen klar auf eine Störung des Realitätsbezugs hin (z.B. Halluzinationen, Wahn) und können folglich nur bei Psychosen vorkommen. Typische psychotische Erkrankungen sind z.B. die Schizophrenie, das Delirium, eine Manie oder eine wahnhafte (!) Depression. Bei anderen Erkrankungen bleibt der Realitätsbezug erhalten. Beispiele hierfür sind der Waschzwang oder die Spinnenphobie, bei denen der Patient um die Unsinnigkeit seiner Symptomatik weiß.

Eine etwas veraltete Einteilung unterscheidet Psychosen von Nicht-Psychosen nach der (vermuteten) Ätiologie: Organisch und endogen bedingte Erkrankungen sind hiernach Psychosen, neurotisch bedingte Neurosen. "Endogen" bedeutet, dass eine organische Ursache vermutet, aber bislang nicht gesichert werden konnte. "Neurotisch" bedeutet, dass der Entstehung der Erkrankung ein unbewusster seelischer Konflikt, zumeist mit Wurzeln in der Kindheit, zugrunde liegt. Diese Einteilung wurde aufgegeben, weil neuere Erkenntnisse gezeigt haben, dass zumeist Ursachen in mehreren Bereichen zu finden sind. So weiß man inzwischen z.B., dass auch bei früher als neurotisch geltenden Erkrankungen wie der Alkoholabhängigkeit oder der Zwangserkrankung eine genetische Prädisposition oder hirnorganische Faktoren eine erhebliche Rolle spielen. Daher verwendet man auch als Gegenbegriff zu Psychose heute nur noch selten den Terminus "Neurose", sondern eher "Nicht-Psychose".

2. Körperlich begründbare psychische Störungen

(Organisch bedingte Psychosen)
Körperlich begründbare psychische Störungen
umfassen alle (hirn-)organisch bedingten Psychosyndrome.
Die Hirnfunktion kann durch Krankheitsprozesse im Gehirn (z.B. Tumoren, Entzündungen), durch exogene Ursachen (z.B. Drogen, Medikamente) oder durch körperliche Erkrankungen, die indirekt das Gehirn beeinträchtigen (z.B. Leber- oder Nierenversagen mit Anhäufung ZNS-toxischer Substanzen, Herzinsuffizienz mit cerebraler Mangeldurchblutung), gestört werden.

2.1 Akute organische (symptomatische) Psychosen

Akute symptomatische Psychosen (Psychosyndrome) sind psychotische Zustände aufgrund akuter Schädigung des ZNS (primär: Hirntraumen, Entzündung, Tumor; sekundär: Drogen, Medikamente, Alkohol), die mit meist reversibler Symptomatik und mit einer Bewusstseinsstörung verbunden sind.

Ebenfalls als akute (und reversible) organische Psychose wird das Durchgangssyndrom beschrieben. Eigentlich als akute organische Psychose ohne quantitative Bewusstseinsstörung definiert, wird aber oft als Synonym für alle akuten organischen Psychosen (ob mit oder ohne quantitative Bewusstseinsstörung) gebraucht.

2.1.1 Delir

Eine wichtige akute organische Psychose ist das Delir. Es kann sehr viele Ursachen haben. Die häufigste ist:
- Alkoholabhängigkeit, insbesondere im Entzug (Delirium tremens)
  Als weitere Ursachen kommen in Frage:
- SHT
- Medikamenteneinnahmen (z.B. anticholinerge Substanzen wie Biperiden = Akineton®)
- Intoxikationen
- Infekte, Fieber
- Kachexie

- Akutes Nierenversagen u.a.

Symptome:
- Bewusstseinstrübungen mit z.T. rasch schwankendem Bewusstsein (qualitativ und quantitativ)
- Desorientiertheit
- Optische Halluzinationen (schnell, viel und beweglich, z.B. weiße Mäuse), auch taktile Halluzinationen
- Sympathikotone Reaktionen (Händetremor, Schwitzen, Tachypnoe, Tachykardie, arterielle Hypertonie [vor allem beim alkoholbedingten Delir])
- Psychomotorische Unruhe (Nesteln, Sachen suchen)
- Erhöhte Suggestibilität (Patient liest auf energische Aufforderung einen Satz von einem weißen Blatt Papier; greift und hält einen nicht existierenden Wollfaden)

2.1.2 Dämmerzustände

Dämmerzustände kommen beispielsweise postiktal bei epileptischem Krampfleiden, pathologischen Rauschzuständen/Intoxikationen oder SHT vor. Die meist reversiblen Symptome äußern sich in einer Bewusstseinseinengung, d.h., die Patienten nehmen nur noch bestimmte Umweltreize wahr, leben in einer eigenen Umwelt (qualitative Bewusstseinsstörung!). Einfache Handlungen können ausgeführt werden. Typisch ist eine anschließende Amnesie. Auch hysterische (konversionsneurotische, also nichtorganische) Ursachen können zu einem Dämmerzustand führen.

2.1.3 Schwangerschaftspsychose (Gestationspsychose)

Psychosen in der Schwangerschaft sind selten; während der Schwangerschaft scheint eher ein Schutz vor psychischen Erkrankungen zu bestehen. Als Auslöser dieser Störung wird die hormonelle Umstellung in einer Schwangerschaft postuliert. Meist handelt es sich um depressiv gefärbte Psychosen (Suizidrisiko) oder schizoaffektive Mischformen. Die Behandlung besteht aus sozio- und psychotherapeutischen Maßnahmen, ggf. in Antidepressiva- oder Neuroleptika-Gabe (cave: Schädigung des Kindes).

2.1.4 Wochenbettpsychosen (Puerperalpsychosen)

Im Wochenbett sind Psychosen ca. 10-mal häufiger als in anderen
Lebensphasen. Besonders oft finden sich depressive Formen ("Ich werde mein
Kind nicht ernähren können, also werde ich mein Leben lang eine schlechte
Mutter sein").
Prädisponierend sollen das Alter der Wöchnerinnen (< 20 Jahre), vorange-
gangene psychische Erkrankungen und die Sozialanamnese sein. Die in den
ersten beiden postpartalen Wochen auftretende Psychose kann auch schizo-
phrenieform sein, die Therapie orientiert sich dementsprechend.

2.2 Chronische organische Psychosen, Demenz

2.2.1 Frühkindliche Hirnschädigungen

Sie umfassen alle cerebralen Schäden, die sich prä-, peri- oder postpartal
ereignen (siehe Kap. Kinder- und Jugendpsychiatrie S. 86).

2.2.2 Dementielle Syndrome

Der **Verlust** erworbener intellektueller Fähigkeiten wird als Demenz bezeichnet (im Unterschied zur Minderbegabung: hier war das Niveau nie höher).
Das dementielle Syndrom umfasst Gedächtnisverlust, daneben Orien-
tierungsstörungen, Verlust der Urteilsfähigkeit, des logischen Denkens und
der persönlichen Interessen; bei sog. kortikalen Demenzen (z.B. M. Pick,
M. Alzheimer) außerdem Agnosie (Nichterkennen von Gegenständen),
Apraxie (Störung von Handlungsabläufen), Alexie (die Unfähigkeit zu lesen),
Agraphie (die Unfähigkeit zu schreiben), Aphasie (die Unfähigkeit zu
sprechen).
Bei der sog. subkortikalen Demenz (z.B. M. Binswanger) sind zusätzlich das
psychische Tempo und die Affekte beeinflusst. Es kann zu extrapyramidalen
Störungen (Parkinsonsyndrom) kommen.

Demenzen können viele verschiedene Ursachen haben. Die häufigsten sind
der M. Alzheimer, gefolgt von der vaskulären Demenz bzw. Mischformen aus
beiden.

Morbus Alzheimer (Demenz vom Alzheimertyp, DAT)

Der M. Alzheimer wird in eine senile (späte) und präsenile (frühe) (< 65 Jahre) Form unterteilt. Etwa 50–60% aller Dementen sind Alzheimerpatienten.

Pathologisch-anatomisch findet sich meist im cCT eine Verschmälerung der Gyri und eine Verbreiterung der Sulci des ZNS. Im EEG zeigt sich ein verlangsamtes Grundmuster, in der PET eine deutliche Abnahme des kortikalen Glucosestoffwechsels sowie eine Eiweißerhöhung im Liquor.

Histologisch sind Amyloidplaques (extrazelluläre, herdförmige Ablagerungen von β-Amyloid), intrazelluläre neurofibrilläre Degeneration und ein Verlust von Synapsen kennzeichnend.

Symptomatisch finden sich Kurzzeitgedächtnisstörungen (Patienten wissen, wie es im Krieg war, können sich aber nicht an ihr letztes Mittagessen erinnern), zeitliche, örtliche, situative Desorientierung (ZÖSP), psychomotorische Unruhe (Patienten suchen pausenlos belanglose Dinge), depressive Verstimmung, Wortfindungs- und andere Sprachstörungen ("Wie heißt es noch das ... das ... Dings ... äh."). Die persönliche Fassade bleibt meist sehr lange erhalten. Alois Alzheimer, Neurologe in Breslau, beschrieb erstmals 1906 eine präsenile Demenz.

Pick-Erkrankung (Morbus Pick) (Frontotemporale Demenz)

Der seltene M. Pick beginnt im Allgemeinen ab dem 50. Lebensjahr und macht ca. 1% aller Demenzerkrankungen aus.

Pathologisch-anatomisch findet sich eine Atrophie des Frontal- und Temporallappens, später eine diffuse Atrophie (morphologisches Korrelat ist die "Walnussatrophie"). Die Symptome sind vor allem durch die Frontalhirnatrophie (wo die Persönlichkeitsstrukturen verankert sein sollen) bedingt: neben Gedächtnisstörungen, Enthemmung (sexuell, verbal) und Distanzlosigkeit; die Progredienz der Krankheit führt in wenigen Jahren zur Demenz.

Die Patienten versterben in einem "Stadium vegetabilis" (nur noch körperliche Grundfunktionen) an Lungenentzündung und Dekubitalgeschwüren.

Vaskuläre Demenzen

Sie sind bedingt durch mikro- oder makroangiopathische Veränderungen und betreffen ca. 20% aller Demenzerkrankten.

Neben kognitiven und mnestischen Defiziten, Desorientiertheit, Unruhe und depressiven Syndromen können ebenso schlaganfallähnliche oder parkinsonoide Symptome (Rigor, Tremor, Akinese) im Vordergrund stehen.

Der Verlauf ist eher schubförmig (im Unterschied zum schleichend progredienten Verlauf der Alzheimerdemenz). Neben der symptomatischen Therapie sollte eine Therapie der Risikofaktoren (Bluthochdruck, Diabetes mellitus, Fettstoffwechselstörungen etc.) erfolgen.

Eine Sonderform stellt der M. Binswanger als mikroangiopathische Folge von arterieller Hypertonie und Arteriosklerose dar. Er geht mit lakunären Erweichungsherden im Marklager (weiße Substanz) des Gehirns einher. Oft finden sich TIA (transitorische ischämische Attacke) in der Vorgeschichte, ebenso eine Zuspitzung der Persönlichkeit: vorher sparsam, jetzt geizig.

Melancholische Wesenszüge mutieren zu Depressionen.

Huntington-Krankheit (Chorea Huntington, erblicher Veitstanz)

Die Chorea Huntington wird autosomal dominant vererbt (sporadisches Auftreten ist auch möglich) und setzt ab dem 4. Lebensjahrzehnt ein, selten auch schon in der Kindheit. Morphologisch findet sich eine Degeneration des Nuc. caudatus.

Symptomatisch finden sich Hyperkinesien (Grimassieren) mit Athetosen (schraubenförmige Bewegungen der Extremitäten und des Rumpfs) und eine Hypotonie der Muskulatur (M. Parkinson: Hypertonie und Hypokinesien), erhöhte Reizbarkeit und Affektlabilität, progrediente Gedächtnisstörungen sowie eine positive Familienanamnese. Die Patienten versterben meist nach 10-20 Jahren.

Verwandte sollten genetisch beraten werden. Wenn sich in der Genomanalyse auf dem kurzen Arm des Chromosoms 4p 42 oder mehr Wiederholungen (triplet repeats) im Bereich Locus 4p 16.3 zeigen, ist eine Erkrankung gesichert. Zurzeit ist keine kausale Therapie möglich.

Die Chorea minor (Sydenham) ist eine Manifestation des rheumatischen Fiebers, wobei sich Antikörper gegen die Basalganglien richten. Außer Hypokinesen und choreatischer Bewegungsunruhe treten keine psychiatrischen Auffälligkeiten auf.

Creutzfeldt-Jacob-Erkrankung (New version of CJD)

Sehr selten. Wird durch Prionen (proteinaceous infectious agents) ausgelöst. Es gibt eine neue, mit der bovinen spongiformen Enzephalopathie (BSE, schwammförmige Hirnerkrankung des Rindes, "Rinderwahnsinn"), der sie morphologisch-pathologisch ähnelt, zusammenhängende und eine "alte", sporadisch endemisch auftretende Variante.

Prionen sind körpereigene Eiweiße, die normalerweise wie Sprungfedern geformt sind. Krankhafte Prionen sind falsch gefaltet und erinnern an ein zusammengefaltetes Blatt. Prionen ließen sich auch bei an Scrapie (TSE = transmissible sponigforme Enzephalopathie, Traberkrankheit) erkrankten Schafen finden. Bezüglich der neuen Variante vermutet man, dass die veränderten Schafprionen durch die Verfütterung von Tiermehl (in der EU seit 2001 verboten) über den Gastrointestinaltrakt in das Rinder-ZNS gelangt sind. 1985 und 1986 wurde BSE erstmals in Kent (Großbritannien) bei zehn Rindern festgestellt. Der erste offiziell nachgewiesene Fall von BSE in Deutschland wurde am 26. November 2000 amtlich bestätigt; bis Februar 2005 sind allein in Deutschland über 360 Fälle nachgewiesen worden. Mittels transgener Mäuse wurde Ende 1999 bewiesen, dass derselbe Erreger, der bei Rindern BSE auslöst, auch zum Tod von Menschen beitrug, welche sich vermutlich durch den regelmäßigen Verzehr großer Mengen von Rinderprodukten infiziert hatten. 1995 wurde der erste Todesfall durch die neue Variante der CJD (nvCJD) bekannt (in Großbritannien).

Die alte Form wird genetisch verursacht (dominant vererbt oder Spontanmutation) oder iatrogen von Mensch zu Mensch übertragen (verunreinigte neurochirurgische Instrumente; aus Leichenhypophysen extrahiertes Wachstumshormon; Dura-mater-Transplantationen) und beginnt i.d.R. im Alter von 55–75 Jahren. Nach dem Ausbruch schreitet sie rasch voran und führt nach ca. 6 Monaten zum Tod.
Die neue Form beginnt deutlich früher, der Median liegt bei ca. 30 Jahren. Erkrankungsdauer etwas länger (Median 14 Monate), vermutlich sehr lange Inkubationszeit.

Die Patienten leiden unter Gedächtnisstörungen und anderen dementiellen Symptomen, Verhaltensänderungen, Myoklonien und extrapyramidalmotorischen Symptomen (choreatische, athetotische, ballistische und dystone Hyperkinesien), Ataxie, Tremor und Paresen.

Keine kausale Therapie.

Morbus Wilson

Der M. Wilson wird durch einen Mangel an dem Kupfertransportprotein Coeruloplasmin (Kupfer im Serum vermindert, im Urin erhöht) verursacht. Dadurch bestehen erhöhte Kupferablagerungen in der **K**ornea (Kayser-Fleischer-Kornealring), in der **L**eber (Leberzirrhose) und den **S**tammganglien (also auch hier EPS-Symptome!).
Neben einer Dysarthrie (undeutliche Sprache) ist eine Asterixis (Armhalteversuch: ruckartiger Verlust des Haltetonus mit unbeholfenen Korrekturversuchen) zu finden.
Im CT/MRT zeigen sich Alterationen (Kupferablagerungen) der Basalganglien, des Thalamus und auch im Kortex. 60% der Patienten entwickeln psychiatrische Symptome, die sehr vielfältig sein können (z.B. depressive oder paranoid-halluzinatorische Syndrome).
Die Prävalenz beträgt ca. 3 auf 100.000; die Erkrankung manifestiert sich zwischen dem 15. und 20. Lebensjahr.
Therapie: kupferarme Diät, Steigerung der Kupferausscheidung durch D-Penicillamin, Senkung der Aufnahme durch Zinksulfat.

 ! Merke: Wilson fährt einen **kupfer**farbenen **SLK**.

Progressive Paralyse (Dementia paralytica)

Vorkommen im Quartärstadium der Syphilis, meist zwischen dem 40. und 60. Lebensjahr, 10–20 Jahre nach dem Primärinfekt ("harter Schanker"). (Sekundärstadium: Hautausschlag, generalisierte Lymphknotenschwellung, infektiöse Condylomata lata, selten Meningitis. Tertiärstadium: keine Infektiösität, sog. Gummen [Gummiknoten], kardiovaskuläre oder Neurosyphilis.)

Hier kommt es zur Großhirnenzephalitis mit Treponemennachweis (im Rückenmark = Tabes dorsalis). Im prädementiellen (pseudoneurasthenischen) Stadium sind Reizbarkeit, Konzentrations-, Antriebs- sowie Gedächtnisschwäche kennzeichnend. Später zeigt sich eine expansiv-manische oder depressiv-hypochondrische "distanzlose" Symptomatik, die im Endstadium zu Demenz und Tod führt.
Therapie: Hochdosispenicillin, Liquorkontrolle. Im Stadium IV kann nur ein Stillstand der Progression, aber keine Heilung mehr erreicht werden, daher vor allem auch symptomorientierte Therapie.

Demenz bei HIV-Infektionen und AIDS

kommt bei ca. 30% aller AIDS-Patienten durch Infektion des ZNS vor, in jüngster Zeit aufgrund der konsequenten antiretroviralen Therapie seltener. Entweder bedingt durch infizierte Helferzellen (histologisch als lymphozytäre Infiltrate mit multinukleären Riesenzellen), direkten Befall der Neuronen mit dem HI-Virus oder durch eine cerebrale Infektion mit opportunistischen Erregern (Toxoplasmose, Cryptococcus neoformans, CMV, Mykobakterien).

Progressive supranukleäre Paralyse (PSP)

Fortschreitende Demenz mit Parkinsonoid (L-Dopa-refraktär!) und Augenmotilitätslähmung (initial Parese auf die senkrechte Bewegung der Augen beschränkt) durch Neuronenverlust im ZNS - ohne eindeutige und spezifische pathologisch-anatomische Befunde.

2.2.3 Hirnlokales und endokrines Psychosyndrom

Das hirnlokale (durch Tumoren oder Abszesse) oder endokrine Psychosyndrom (z.B. verursacht durch M. Cushing) zeigt kaum (quantitative) Bewusstseinsstörungen, dafür aber hirnlokale Symptome. Hierzu gehören z.B. Wesensveränderungen wie Entdifferenzierung der Persönlichkeit (früher sensibel, jetzt grobe Wesenszüge, soziale Distanzlosigkeit).

2.2.4 Depressive/maniforme Störungen im Verlauf organischer Psychosen

- Maniforme Störungen finden sich bei epileptischen Psychosyndromen (hier auch enechetisches = haftendes Denken), multipler Sklerose (euphorische, hypomanische Verstimmungen), (frontalen) Hirntumoren, Medikamenten- und Drogenabusus, Schilddrüsen- und Nebennierenrindenüberfunktionen.
- Depressive Störungen finden sich bei allen anderen organischen Psychosen, einschließlich infektiösen oder konsumierenden Erkrankungen.

> **IMPP** Aufgrund des psychopathologischen Befundes kann man nicht auf eine mögliche Ursache des organischen Psychosyndroms schließen!

2.3 Traumatische Hirnschäden

2.3.1 Stumpfe SHT (Schädel-Hirn-Traumata ohne Verletzung der harten Hirnhaut)

- Commotio cerebri (SHT 1. Grades, "Gehirnerschütterung"): Bewusstlosigkeit bis zu max. 1 Stunde, mit retro- und evtl. anterograder Amnesie, Schwindel und Erbrechen, Konzentrationsstörungen, Kopfschmerzen

- Contusio cerebri (SHT 2. Grades): Bewusstseinsstörung bis zu 24 Stunden mit morphologischer Schädigung des ZNS

- Schwere Contusio cerebri (SHT 3. Grades): bei Bewusstseinsstörung > 24 Std.

- Compressio cerebri: zusätzliche intrakranielle Drucksteigerung durch Ödembildung oder Einblutung

 Zeit für einen Kaffee ...

3.   Affektive Erkrankungen

3.1   Allgemeines

Die affektiven Erkrankungen beinhalten Störungen der Affektivität (Stimmung) und des allgemeinen Antriebsniveaus sowie viele weitere Symptome, i.d.R. als depressives oder als manisches Syndrom. In der Antike erwähnte Hippokrates die Melancholie, 1896 fasste Kraepelin depressive und manische Episoden zum "manisch-depressiven Irresein" zusammen. Schneider versuchte vergeblich, das Episodenhafte unter dem Begriff "Zyklothymie" zu etablieren.

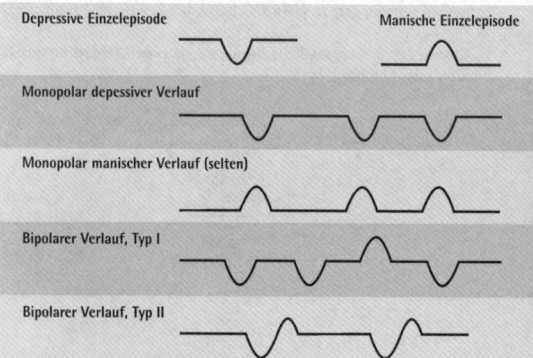

Depressionen können einmalig im Leben auftreten. Bei den meisten Patienten ist der Verlauf aber rezidivierend. Zwischen den Krankheitsphasen können Monate bis Jahrzehnte gesunder Intervalle liegen. Bei einem Teil der Pat. bleiben aber auch im Zwischenintervall Restsymptome zurück. Bei ca. 60% der rezidivierenden Erkrankungen ist der Verlauf monopolar (= unipolar) depressiv und bei 35% bipolar (manische und depressive Phasen), bei ca. 5% unipolar manisch. Manien kommen praktisch nie als Einzelepisoden vor.

Sie sind immer Teil eines rezidivierenden Krankheitsverlaufs, was erhebliche Bedeutung für die Indikation einer prophylaktischen Langzeittherapie hat. Unipolare Störungen beginnen meist später als bipolare. Bei bipolaren Verläufen sind Frauen und Männer gleich häufig, bei unipolar depressiven Verläufen Frauen ca. doppelt so häufig wie Männer betroffen.

Zu Krankheitsphasen kann es mit Auslöser (z.B. Verlust eines Angehörigen – psychisch-reaktiv) oder ohne kommen. Affektive Störungen können auch durch somatische Erkrankungen bedingt sein.

Pathophysiologisch bedeutsam bei den affektiven Erkrankungen scheint eine Verschiebung im Stoffwechsel biogener Amine zu sein:
So kommt es bei Depressionen vermutlich zu einem funktionellen Serotonin- und/oder Noradrenalinmangel an den Rezeptoren des ZNS. Ebenfalls wird eine erhöhte Cortisolproduktion bei schweren Depressionen mit pathologischem Dexamethasonhemmtest diskutiert (keine Suppression der körpereigenen Cortisolproduktion nach Gabe eines synthetischen Corticoids; ein prognostisch schlechtes Zeichen). Auch der REM-Schlaf scheint eine Rolle zu spielen: Bei Depressionen tritt die erste REM-Schlafphase früher auf und dauert länger.

3.2   Depression   "... zu Tode betrübt."

(Melancholie, major depression, depressive Episode, früher: "endogene Depression")

Epidemiologie
- Lebenszeitprävalenz 15%
- Erstmanifestation vom 20.–70. Lebensjahr
- Frauen sind zweimal häufiger als Männer betroffen
- Typische Phasendauer: einige Wochen bis viele Monate
- Etwa 10–20% chronische Verläufe (> 2 Jahre)

Symptomatik

Es gibt zahlreiche depressive Symptome.

Psychische Symptome der Depression	
Psychopathologi- scher Befund (Unterpunkt)	**Symptome**
Stimmung und Affekt	Gedrückt, niedergeschlagen, Gefühl der Gefühl- losigkeit
Formales Denken	Verlangsamt (objektiv), gehemmt (subjektiv), Grübeln
Inhaltliches Denken	Krankheits-, Schuld-, Verarmungsgedanken oder -wahn; nihilistischer Wahn (wahnhafte Überzeugung der Nichtexistenz der Welt oder der eigenen Person)
Ängste	Zukunftsängste, diffuse Ängste
Antrieb und Psychomotorik	Verminderter (objektiv) und/oder gehemmter (subjektiv) Antrieb, verarmte Psychomotorik
Suizidalität	Häufig
Aufmerksamkeit und Konzentration	Vermindert

Außerdem **körperliche** Symptome: Vitalstörungen (Verminderung der körperlichen Frische und Energie), Schlaf-, Sexualstörungen, Übelkeit, Appetitlosigkeit, Gewichtsverlust, Obstipation, ubiquitäres Schmerzempfin- den (Kopf, Herz, Brust).

 Wird der Zusammenhang zwischen diesen körperlichen Symptomen und der psychiatrischen Erkrankung nicht erkannt, ist das Ergebnis der rein soma- tisch orientierten Intervention für den (Haus-)Arzt und Patienten (!) sehr unbefriedigend.

Besondere Unterformen der Depression sind:

- Bipolare Depression: So bezeichnet man eine depressive Episode, die im Verlauf einer manisch-depressiven (bipolar affektiven) Erkrankung auftritt.
- Wahnhafte Depression: eine mit Wahn einhergehende Depression (auch als psychotische Depression bezeichnet). Der Wahninhalt ist typischerweise synthym, d.h. zur Stimmung passend, also z.B. ein Schuld-, Versündigungs-, Verarmungs-, Krankheits- oder nihilistischer Wahn (siehe Tabelle S. 42).
- Wochenbettdepression = postpartale Depression: Wird eigens abgegrenzt, weil das Wochenbett eine Phase mit deutlich erhöhtem Risikos für eine Depression ist. Davon zu unterscheiden ist der "Wochenbettblues" ("Heultage"), der bei fast der Hälfte der Gebärenden um den dritten Tag post partum auftritt. Dieses depressive Syndrom dauert i.d.R. nur wenige Tage und ist dann nicht behandlungsbedürftig.

Diagnostik

Neben der Anamnese und dem psychopathologischen Befund können sich Veränderungen im Schlaf-EEG (Veränderung im REM-Schlafmuster) finden.

Therapie

- Antidepressiva (siehe Kap. Psychopharmakotherapie S. 114): Antidepressiva haben eine 2- bis 4-wöchige Wirklatenz und nur eine Responderquote von 1/3 bis 2/3. Ein Therapieerfolg kann also erst nach Verstreichen der Wirklatenz beurteilt werden. Nach Ansprechen auf die Pharmakotherapie muss das Antidepressivum in gleicher Dosis 6–12 Monate weitergenommen werden (Erhaltungstherapie), da es sonst zu einem Frührezidiv kommt.
- Psychotherapie (siehe Kap. Psychotherapie S. 105)

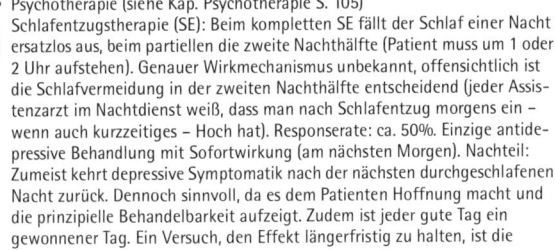

Schlafentzugstherapie (SE): Beim kompletten SE fällt der Schlaf einer Nacht ersatzlos aus, beim partiellen SE die zweite Nachthälfte (Patient muss um 1 oder 2 Uhr aufstehen). Genauer Wirkmechanismus unbekannt, offensichtlich ist die Schlafvermeidung in der zweiten Nachthälfte entscheidend (jeder Assistenzarzt im Nachtdienst weiß, dass man nach Schlafentzug morgens ein – wenn auch kurzzeitiges – Hoch hat). Responserate: ca. 50%. Einzige antidepressive Behandlung mit Sofortwirkung (am nächsten Morgen). Nachteil: Zumeist kehrt depressive Symptomatik nach der nächsten durchgeschlafenen Nacht zurück. Dennoch sinnvoll, da es dem Patienten Hoffnung macht und die prinzipielle Behandelbarkeit aufzeigt. Zudem ist jeder gute Tag ein gewonnener Tag. Ein Versuch, den Effekt längerfristig zu halten, ist die

Schlafphasenvorverlagerung. Hierbei geht der Patient nach komplettem SE (sofern Responder!) am nächsten Tag bereits um 17 Uhr ins Bett, um nach üblicher 7-stündiger Schlafdauer um 24 Uhr aufzustehen (= partieller SE!). In der Folgenacht dann von 18–1 Uhr, dann 19–2 Uhr usw., bis ein normaler Schlafrhythmus erreicht ist.

- Lichttherapie: Nur bei saisonalabhängiger Depression (= Winterdepression) sicher wirksam. Täglich während des Winters 30 Minuten in eine 10.000 Lux helle Therapielampe schauen (Augen offen, 50–80 cm Abstand: das Licht wirkt via Netzhaut und N. opticus auf das Gehirn). Bei schwächeren Lampen entsprechend längere Therapiedauer. Durch Sonne, aber nicht durch übliche Raumleuchten ersetzbar.

- Elektrokrampftherapie (EKT): Hauptindikation für die EKT ist heute die therapieresistente Depression. Die moderne Anwendungsweise ist sicher, nebenwirkungsarm und schmerzfrei: kurze Vollnarkose durch Anästhesisten mittels Maskenbeatmung. Durch bitemporal oder halbseitig an der nichtdominanten Schädelhälfte angelegte Elektroden wird mit einem einige Sekunden dauernden Stromimpuls ein Grand-mal-Anfall ausgelöst (der epileptische Anfall, nicht der Strom ist therapeutisch wirksam!). Durch die Sauerstoffbeatmung kommt es (im Gegensatz zu einem epilepsiebedingten Anfall) nicht zu einer Hypoxie. Da direkt vor dem Stromimpuls ein Muskelrelaxanz injiziert wird, kommt es auch nicht zu den typischen tonisch-klonischen Entäußerungen und somit auch nicht zu Muskelzerrungen, Prellungen oder Frakturen. Wirksamstes antidepressives Behandlungsverfahren überhaupt. Haupt-Nebenwirkungen: Störungen des Kurzzeitgedächtnisses, nach Therapieende reversibel. Ein Patient erhält i.d.R. 6–12 EKT-Behandlungen (zumeist mit einem therapiefreien Zwischentag), bis die erwünschte Wirkung eintritt. Auch bei Schizophrenie und Manie wirksam.

Die EKT wurde 1937 in Italien entwickelt, zu einer Zeit, als keines der heute eingesetzten Psychopharmaka zur Verfügung stand. Bei Patienten mit Komorbidität – schwere schizophrene oder affektive Psychose und Epilepsie – beobachtete man häufig eine drastische Besserung der psychiatrischen Symptomatik nach einem epileptischen Anfall und suchte daher nach Möglichkeiten, einen solchen künstlich hervorzurufen. Exakter Wirkmechanismus nicht bekannt.

Als Therapeut sollte man sich nicht scheuen, den Patienten auf die mögliche Suizidalität anzusprechen - die meisten Patienten fühlen sich hierdurch erleichtert. Man sollte betonen, dass es sich um eine therapierbare Erkrankung handelt (siehe Kap. Suizidalität S. 102).

3.3 Manie   "Himmelhoch jauchzend ..."

Symptomatik

Psychische Symptome der Manie	
Psychopathologischer Befund (Unterpunkt)	**Symptome**
Stimmung und Affekt	Gehoben, euphorisch oder gereizt
Formales Denken	Beschleunigt, ideenflüchtig (assoziativ gelockert)
Inhaltliches Denken	Größengedanken oder -wahn, Selbstüberschätzung
Antrieb und Psychomotorik	(Ziellos) gesteigerter Antrieb, vermehrte Psychomotorik, Logorrhoe
Aufmerksamkeit und Konzentration	Vermindert
Krankheitseinsicht und -gefühl	Nicht vorhanden

Körperlich ist das Schlafbedürfnis deutlich reduziert, der Appetit vermindert (was aber nicht beklagt wird) und das körperliche Grundgefühl frisch und energiegeladen.

Aufgrund des gesteigerten Antriebs, der Selbstüberschätzung und der vielen Pläne besteht die Gefahr, dass der Patient z.B. Millionenverträge abschließt, die sein Einkommen bei weitem übersteigen, oder in alltäglichen Situationen die erforderliche Vorsicht nicht aufbringt.

Manische Episoden (Erkrankungsdauer sehr variabel, durchschnittlich 4 Monate) kommen im Rahmen von bipolar affektiven Erkrankungen (s.u.) vor; manische Symptome finden sich gelegentlich auch bei der Schizophrenie, bei hyperthymen Persönlichkeiten oder bei organisch bedingten Psychosen wie z.B. im Endstadium der Syphilis.

Bei der Hypomanie findet sich eine geringer ausgeprägte Symptomatik, die nicht zu sozialen Schwierigkeiten führt (Außendienstler, der ständig "auch bei Misserfolgen gut drauf ist").

(Stationäre) Therapie:

Akut: Lithium, auch anschließend zur (Langzeit-)Prophylaxe, oder Valproinsäure; vorübergehend Benzodiazepine, (atypische) Neuroleptika; Psychotherapie akut kaum möglich.

3.4 Bipolar affektive Störung

"Himmelhoch jauchzend – zu Tode betrübt."

(manisch-depressive Erkrankung)

Im Krankheitsverlauf kommen sowohl manische als auch depressive Episoden (Phasen) vor (nicht notwendigerweise abwechselnd). Dazwischen liegen zumeist gesunde Intervalle. Die Erstmanifestation liegt zwischen dem 20. und 40. Lebensjahr, die familiäre Disposition ist höher als bei unipolaren Verläufen. Lebenszeitprävalenz: 1-2%

Erkrankungsrisiko für Verwandte manisch-depressiver Patienten:

- Eltern, Kinder, Geschwister: 1-15%
- Zweieiige Zwillinge: 20%
- Eineiige Zwillinge: 70% (auch wenn getrennt erzogen)
- Wenn beide Eltern erkrankt: 30-40%

Untergruppen

- Bipolar I: voll ausgeprägte manische Phasen
- Bipolar II: überwiegend depressive Phasen, hypomanische Phasen, aber keine manischen Phasen
- Sonderform: "Rapid Cycling": sehr rascher Phasenwechsel mit mehr als 4 Phasen in 12 Monaten.

Diagnose

Klinisch aus Anamnese und psychopathologischem Befund.

Therapie

- Akute Depression/Manie: s. oben
- Prophylaxe: Da die bipolar affektive Erkrankung praktisch immer rezidiviert, ist eine konsequente prophylaktische Behandlung (Phasenprophylaxe) die wichtigste Therapie! Lithium (siehe Kap. Psychopharmakotherapie S. 114) ist hierfür das Medikament der ersten Wahl. Aufgrund seiner engen therapeutischen Breite muss die Dosierung nach Serumspiegelkontrollen angepasst werden. Pharmaka der zweiten Wahl sind die Antiepileptika Carbamazepin, Valproinsäure (vor allem Schutz vor manischen Phasen) und Lamotrigin (Schutz vor depressiven Phasen) sowie evtl. atypische Neuroleptika.
- Rapid Cycling: Die Prophylaxe ist hier meistens besonders schwierig.

3.5   Dysthymia

Dysthymia beschreibt eine anhaltende depressive Störung (> 2 Jahre), die aber in ihrer Ausprägung nicht an eine Depression heranreicht.
10–20% aller Betroffenen können allerdings eine voll ausgeprägte Depression entwickeln (sog. "Doppeldepression"), die Dysthymia kann ebenso auf eine Depression folgen. Es herrscht Uneinigkeit, ob es sich um eine Unterform einer affektiven Erkrankung, um eine Persönlichkeitsstörung (depressive Persönlichkeitsstörung) oder um die Folge unbewusster innerer Konflikte (neurotische Depression) handelt.

Therapie

Psychotherapie, Antidepressiva

3.6 Schizoaffektive Psychosen

Mischform aus schizophrener und affektiver Erkrankung (entweder schizo-
depressiv oder schizomanisch). Meist rezidivierender oder chronischer
Verlauf ohne Geschlechtsprävalenz, mit günstigerer Prognose als bei reinen
Schizophrenien.

Bei der akuten polymorphen psychotischen (akuten vorübergehenden)
Psychose handelt es sich um eine kurze, innerhalb von Tagen abklingende
Störung mit psychotischen Symptomen (Halluzinationen, Wahn, auch affektive Schwankungen), welche früher als psychogene oder reaktive Psychose
(nach einer Belastungssituation) bezeichnet wurde.

4. Schizophrenie

4.1 Allgemeines

Wörtlich bedeutet der griechische Ausdruck Bewusstseins- oder Geistesspaltung, was aber irreführend ist, da Schizophrenie sich nicht etwa dadurch äußert, dass zwei (oder mehr) Persönlichkeiten gleichzeitig in einem Menschen existieren. Der Begriff "Schizophrenie" wurde 1911 von Eugen Bleuler eingeführt. Zuvor wurden schizophrene Symptome wie Hebephrenie (Hecker 1870), Katatonie (Kahlbaum 1868) und die Paranoia von Emil Kraepelin aufgrund der ungünstigen Prognose als Dementia praecox – das zur "Demenz führende Irresein" – zusammengefasst und gegen günstiger verlaufende, z.B. manisch-depressive Erkrankungen ("manisch-depressives Irresein") abgegrenzt.

Nach K. Schneider (1887–1967) zeichnet sich die Schizophrenie durch abnorme Erlebnisweisen aus, die die Wahrnehmung, das Erleben, Fühlen und Denken des Patienten betreffen.

Epidemiologie:

- Ersterkrankung überwiegend in der Adoleszenz und im frühen Erwachsenenalter:
- < 14 Jahre: 2%
- 14–30 Jahre: 54%
- 30–40 Jahre: 26%
- > 40 Jahre: 18%
- 80% der Erkrankungen beginnen vor dem 40. Lebensjahr.
- Prävalenz: etwa 1%, d.h., die Schizophrenie ist eine häufige Erkrankung (jeder 100. hat irgendwann im Leben damit zu tun!).
- Inzidenz: 15–40 auf 100.000
- Frauen und Männer gleich häufig betroffen, allerdings erkranken Frauen 5-7 Jahre später (Östrogen als protektiver Faktor?)
- Erkrankungsrisiko für Verwandte:
- Großeltern: 1–2%
- Eltern: 5–10%
- Kinder: 10–16%
- Enkel: 2–8%

- Geschwister: 6–14%
- Zweieiige Zwillinge: 6–20%

Die Wahrscheinlichkeit bei Geschwistern und zweieiigen Zwillingen ist also fast gleich.

- Eineiige Zwillinge: 50%
- Kinder zweier erkrankter Eltern: 40–70%
- Neurotiker: nicht erhöht (Woody Allen sei Dank!)

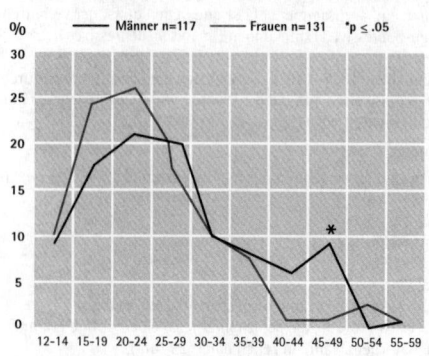

Verteilung der Krankheitsausbrüche über den Lebenszyklus bei Männern und Frauen

Modifiziert nach ABC-Schizophrenie-Studie aus: Häfner, Heinz: Das Rätsel Schizophrenie. Eine Krankheit wird entschlüsselt. C.H. Beck, München 2000, S.207.

Merkregel: 1/3 der Patienten erkrankt nach einmaligem Auftreten der Krankheit nie wieder, 1/3 erkrankt erneut und das restliche Drittel erweist sich als therapierefraktär. Vermutlich ist der tatsächliche Verlauf aber eher ungünstiger.

Der schubförmige Verlauf führt oft zu Persönlichkeitsveränderungen (insbesondere Verlust an Energie, Motivation, Interessen und Konzentrations- und Denkvermögen), die sich bei jedem Schub verstärken (Residualsymptome).

> **Terminologie "Phase" versus "Schub"**
> Bei der Schizophrenie spricht man von "Schüben", um zu verdeutlichen, dass jeder Schub dauerhaft bleibende Restsymptome (Residualsymptome) zurücklassen kann (Bsp. aus der Neurologie: auch bei der multiplen Sklerose spricht man aus diesem Grund von "Schub"). Im Unterschied dazu werden die Krankheitsepisoden bei den affektiven Erkrankungen als (manische oder depressive) "Phasen" (oder "Episoden") bezeichnet, weil hier die Symptomatik meistens wieder vollständig abklingt.

Wie bei allen psychiatrischen Krankheitsbildern sollte auch hier eine organische Ursache ausgeschlossen werden, da z.B. auch organische Psychosen Symptome einer Schizophrenie hervorrufen können.

4.2 Ätiopathogenese

Die genaue Ursache der Schizophrenie ist unbekannt. Pathologisch-anatomisch finden sich bei Schizophrenen ein verkleinerter Thalamus (der sog. Filter der Wahrnehmung) sowie Atrophien frontal-temporal, Ventrikelerweiterungen sowie eine Volumenminderung im limbischen System mit vermuteter Störung des Dopaminstoffwechsels (Ansatzpunkt der Neuroleptika).

Die Zwillingsforschung und Adoptionsstudien zeigen, dass eine genetische Veranlagung Voraussetzung für den Ausbruch einer Schizophrenie ist. Ist die genetische Belastung sehr hoch, kann sich die Erkrankung spontan manifestieren, ansonsten aufgrund äußerer Belastungsfaktoren (Familien- oder Berufskonflikte, Drogenkonsum etc.) (sog. Vulnerabilitäts-Stress-Modell). Biografische Faktoren (Erziehung, Bedingungen der persönlichen Entwicklung, Kommunikationsstil in der Familie) haben einen (günstigen oder ungünstigen) Einfluss auf den Verlauf.

4.3 Leitsymptome/Diagnosestellung

Die Leitsymptome der schizophrenen Erkrankungen wurden in Deutschland durch Kurt Schneider (1887–1967) in Symptome ersten und zweiten Ranges (pathognomonische, d.h. diagnoseweisende, sowie häufige, aber nicht diagnoseweisende Symptome) bzw. nach Eugen Bleuler (1857–1939) in Grundsymptome, welche die Krankheit charakterisieren, und akzessorische Symptome, welche hinzutreten können, unterteilt (s.u.). Heute wird die Diagnose nach der ICD-10 gestellt, die sich eng an das Konzept von Schneider anlehnt. Hiernach muss über einen Zeitraum von mindestens 1 Monat mindestens eines der folgenden Symptome bestanden haben (und eine organische Verursachung ausgeschlossen sein):

- Ich-Störungen (Gedankenlautwerden, Gedankeneingebung, Gedankenentzug oder Gedankenausbreitung)
- Verfolgungs-, Kontroll- oder Beeinflussungswahn (einschließlich des "Gefühls des Gemachten" bezogen auf den eigenen Körper oder eigene Gedanken) oder Wahnwahrnehmungen
- (Den Patienten) kommentierende oder dialogisierende Stimmen (akustische Halluzinationen)
- anderer bizarrer Wahn (z.B. Größenwahn)

oder, ebenfalls für mindestens 1 Monat, mindestens zwei der folgenden Symptome:

- Andere Halluzinationen
- Formale Denkstörungen mit Zerfahrenheit, Gedankenabreißen oder Neologismen
- Katatone Symptomatik
- Negativsymptomatik (s.u.) mit Verlust von Antrieb, Motivation, Intentionalität und affektiver Modulationsfähigkeit

Nach Kurt Schneider kann die Diagnose Schizophrenie bei Vorliegen eines Symptoms ersten Ranges und Ausschluss einer organischen Erkrankung gestellt werden – ebenso bei mehreren Symptomen zweiten Ranges.

	1. Ranges	2. Ranges
Ich-Störungen	Gedankenbeeinflussung, -entzug, -eingebung, -ausbreitung, Willensbeeinflussung	
Wahrnehmungsstörungen, akustische Halluzinationen	Akustische Halluzinationen, Gedankenlautwerden, Stimmen dialogischer, kommentierender Art	Andere akustische Halluzinationen (z.B. Geräusche), Akoasmen (S. 24)
Körperliche Halluzinationen	Leibliche Halluzinationen (Coenaesthesien), "von außen gemacht"	Leibliche Missempfindungen, "von innen", Patient fühlt sich "wie aus Stein"
Andere Halluzinationen		Olfaktorische, gustatorische, taktile (haptile) Halluzinationen
Affekt		Ratlos, verstimmt
Wahn	Wahnwahrnehmung (Rotes Auto = ein Zeichen!)	Wahneinfall ("Mein Mann will mich ermorden!")

IMPP   Für das IMPP zumindest die Symptome ersten Ranges lernen!

Die wichtigsten schizophrenen Symptome seien noch einmal etwas genauer erläutert.

4.3.1   Formale Denkstörungen

(Denkablauf, wie der Patient denkt, siehe S. 20)
- Inkohärentes, zerfahrenes Denken
- Perseverationen (an einem Gegenstand "enechetisches" haftendes Denken)
- Gedankenabreißen, Gedankensperre
- Vorbeireden, Kontamination (Verschmelzung mehrerer Wörter zu einem neuen), Neologismen (Wortneuschöpfungen)

4.3.2 Inhaltliche Denkstörungen

(Begriffserläuterungen, siehe S. 22)
- Wahnstimmung
- Wahnwahrnehmung
- Wahn, z.B. Verfolgungswahn, aber auch jeder andere (bizarre) Wahn; zu Beginn eher einzelne Wahngedanken, im Verlauf der Erkrankung zunehmend systematisiertes Wahngebäude (= prognostisch ungünstig)

4.3.3 Ich-Störungen

(Begriffserläuterungen, siehe S. 25)
Insbesondere Gedankeneingebung, Gedankenausbreitung, Gedankenentzug, Willensbeeinflussung, leibliche Beeinflussung, Depersonalisation, Derealisation.

4.3.4 Wahrnehmungsstörungen

(siehe auch S. 24)
Vorrangig akustische Halluzinationen, daneben Halluzinationen aller Sinnesgebiete. Bei den akustischen Halluzinationen handelt es sich häufig um kommentierende oder imperative (= Befehle gebende) Stimmen (Phoneme).

4.3.5 Störung der Affektivität

(siehe auch S. 26)
- Affektverflachung
- Inadäquater Affekt oder Parathymie: Der Affekt passt nicht zur Situation oder zu den Äußerungen des Patienten (jemand lacht auf einer Beerdigung).
- Ambivalenz (Nebeneinander gegensätzlicher Gefühle)
- Läppischer Affekt (z.B. bei der hebephrenen Schizophrenie [s.u.]): überzogene Albernheit, soziale Distanzlosigkeit, "Alles-egal"-Stimmung.
- Autismus: Mit Autismus bei Schizophrenie ist eine Ich-Versunkenheit des Patienten gemeint, der das Interesse an der Umwelt verliert und alle sozialen Kontakte vernachlässigt. Dieses Symptom der Schizophrenie darf nicht mit dem frühkindlichen Autismus, der eine eigenständige Erkrankung mit Beginn in der frühen Kindheit (s. Kap. Kinder- und Jugendpsychiatrie) ist, verwechselt werden!

4.3.6 Antrieb

Verlust von Antrieb und Intentionalität (Willensbildung), Ambivalenz

4.3.7 Psychomotorische Symptome (Katatonie)

(Begriffserläuterungen, siehe S. 28)
Bei der katatonen Form der Schizophrenie (s.u.) stehen diese Symptome im
Vordergrund des klinischen Bildes. Die psychomotorischen Störungen äußern
sich in:
- Haltungsstarre (Katalepsie) und Bewegungserstarren (Stupor)
- Wächserner Biegsamkeit (Flexibilitas cerea)
- Mutismus
- Negativismus, Echolalie, Echopraxie
- Hochgradiger (aggressiver) psychomotorischer Erregtheit: kann sich abrupt
  mit Stupor/Katalepsie abwechseln

4.3.8 Suizidalität und Aggression

5–10% der Erkrankten suizidieren sich, Fremd- und Eigengefährdung erklären sich durch die Symptome selbst.

Terminologie "Negativ- und Positivsymptomatik" ("Minus- und Plussymptomatik")
Eine klinisch gebräuchliche, weil praktikable Einteilung unterteilt die
schizophrenen Symptome in positive (= etwas tritt zum normalpsychologischen Erleben und Verhalten hinzu; auch "produktive Symptomatik"
genannt) und negative (= Teile der Erlebens- oder Verhaltensfähigkeiten
gehen verloren) Symptomatik.
Positivsymptomatik:
- Wahn, Halluzinationen, Ich-Störungen, Erregtheit, bizarre Verhaltensauffälligkeiten

Negativsymptomatik:
- Affektverflachung, Antriebsmangel, formale Denkstörungen,
  schizophrener Autismus

4.4   Typen der Schizophrenie

Einteilung nach dem GK nach Alter der Erstmanifestation: hebephrene Schizophrenie im jugendlichen Alter (Hebephrenie), Spätschizophrenien jenseits des 40. Lebensjahres und Altersschizophrenien nach dem 60. Lebensjahr.

Klassischerweise werden vier Typen der Schizophrenie unterschieden:

- Paranoid-halluzinatorische Schizophrenie: klassische und häufigste Schizophrenieform, bei der Verfolgungswahn, Wahnwahrnehmungen wie akustische Halluzinationen und Ich-Störungen im Vordergrund der Symptomatik stehen. Sie beginnt meist zwischen dem 15. und 30. Lebensjahr.

- Hebephrene Schizophrenie: Jugendform, beginnt besonders früh (um die Pubertät); die Affektstörungen (läppischer Affekt, Affektverflachung) und die Antriebsstörungen stehen im Vordergrund, produktive Symptome sind eher flüchtig. Beginn häufiger mit übertriebener Beschäftigung mit esoterischen Themen. Eher ungünstige Prognose.

- Katatone Schizophrenie: Bei ihr stehen psychomotorische Symptome (Katatonie, siehe S. 28) im Vordergrund. Heute eher selten. Der Beginn ist häufig im jugendlichen Alter, die Prognose eher günstig.

- Eine Sonderform ist die perniziöse (bösartige) Katatonie, die sich bei lebensbedrohlich hohem Fieber durch das abwechselnde Auftreten von höchster Erregung und Stupor äußert. Hier muss sofort mit Neuroleptika oder Elektrokrampftherapie behandelt werden.

- Fatalerweise ähnelt das seltene maligne neuroleptische Syndrom bei hochdosierter Anwendung von Neuroleptika sehr stark der perniziösen Katatonie (Stupor, hohes Fieber, vegetative Dysregulationen, getrübte Bewusstseinslage). Hier muss natürlich die Neuroleptikatherapie sofort abgesetzt werden. Differentialdiagnostisch sollte ebenso an eine Enzephalitis gedacht werden (Lumbalpunktion).

- Schizophrenia simplex verläuft ohne Positivsymptome (produktive Symptome) langsam progredient mit Negativsymptomen.

Hierzu gehören Affektverflachung, Antriebsverlust und formalen Denkstörungen. Diagnosestellung oft schwierig, Prognose ungünstig.

Des Weiteren nennt der GK hier zusätzlich den coenaesthetischen (mit Körperhalluzinationen einhergehenden) Typ.

4.5 Verlauf und Prognose

Günstige Prognose	Ungünstige Prognose
Akuter Krankheitsbeginn, kurze Dauer	Schleichender, protrahierter Krankheitsbeginn, viele Schübe, produktiv-psychotische Residualsymptomatik (auch nach dem akuten Schub fortbestehende Positivsymptomatik)
Psychoreaktiver Auslöser	Kein auslösendes Moment nachweisbar
Hohes Erkrankungsalter	Früher jugendlicher Beginn, hebephrene Initialsymptomatik (Frühform: vor 10. Lebensjahr)
Bunte, bizarre, produktiv-psychotische Symptomatik, depressive und katatone Anfangssymptomatik	Kaum affektive Beteiligung des Patienten, Schizophrenia simplex (siehe S. 56)
Gute soziale Integration, gute Schulausbildung	Schlechte soziale Integration, Hirnveränderungen
Mehrere Fälle in der Familie sind günstig.	
	Pathologische Züge der Primärpersönlichkeit
	Psychiatrische Komorbidität, z.B. mit Suchterkrankungen (insbesondere Cannabis)

4.6 Therapie der Schizophrenie

4.6.1 Sozio-/Rehabilitationstherapie

Insbesondere bei Negativsymptomatik. Die Intensität der Therapie muss abgewogen werden: Unterstimulation kann Minussymptome (Antriebsstörung, Affektverflachung), Überstimulation kann Positivsymptome (Wahn, Halluzinationen, Erregung) begünstigen.

4.6.2 Psychotherapie

Die Psychotherapie hat während des akuten Schubs (z.B. während der stationären Behandlung) überwiegend stützenden, entängstigenden und realitätskorrigierenden Charakter. Große Bedeutung kommt ihr für den Langzeitverlauf zu. Hier soll sie u.a. Krankheits- und Behandlungseinsicht einschließlich Medikamentencompliance vermitteln sowie fördern, dass der Patient Frühzeichen eines neuen Schubs erkennt und rezidivprophylaktische Verhaltensstrategien erlernt (z.B. Stressvermeidung und -bewältigung).

4.6.3 Psychopharmaka

Neuroleptika bei produktiv-psychotischer Symptomatik und als Langzeitmedikation (in niedrigerer Dosierung) zur Schubprophylaxe. Atypische Neuroleptika wirken begrenzt auch gegen Negativsymptomatik. Bei Erregung Benzodiazepine.

4.7 Schizotype Störung

Eine chronische, das gesamte (Erwachsenen-)Leben bestehende Störung, die schizophrenieähnlich ist, aber nie eindeutig schizophrene Symptome zeigt. Sie wird z.T. als subklinische Form einer Schizophrenie, z.T. aber auch als eine Persönlichkeitsstörung interpretiert.
Symptome: kalter, unnahbarer Affekt; kaum Fähigkeit zu Freude; exzentrisches, seltsames Verhalten; sozial isoliertes Leben; paranoide oder bizarre Überzeugungen (inhaltliches Denken), die aber nicht eigentlich wahnhaft sind; vages, umständliches, exzentrisches formales Denken.

5. Abhängigkeit

5.1 Alkohol

5.1.1 Allgemeines

Nach WHO ist die Alkoholsucht (oder -abhängigkeit) eine chronische Verhaltensstörung, bei der Alkohol in einem Ausmaß konsumiert wird, das über das sozial verträgliche, für Individuum oder Gesellschaft ungefährliche und unschädliche Maß hinausgeht und die Gesundheit und die soziale Eingliederung in Familie und Arbeitswelt stört.

Epidemiologie

Das Verhältnis lag nach dem 2. Weltkrieg bei m:w = 8:1. Nach neuesten epidemiologischen Studien ziehen Frauen wie bei der Nikotinsucht nach; nach L. G. Schmidt beträgt das Verhältnis heute 3:1, wobei Frauen eher zu den "härteren Sachen" greifen und komorbid zu Tablettensucht neigen sollen. Pro Alkoholkranken ist im Durchschnitt ein Angehöriger von der Erkrankung mitbetroffen. 15% aller Abhängigen sterben durch Suizid.

5.1.2 Erscheinungsformen

Man unterscheidet drei Formen des problematischen Alkoholkonsums:
- Riskanter Konsum (ca. 5 Mio. Menschen in Deutschland): Die durchschnittliche tägliche Trinkmenge liegt oberhalb der Grenzwerte, deren Überschreiten innerhalb eines interindividuell unterschiedlich langen Zeitraums zu Gesundheitsschädigungen führt. Für Frauen liegt der Grenzwert bei 20 g Alkohol/d, für Männer bei 40 g (neuerdings werden häufig nur noch 30 g angegeben).
- Schädlicher Gebrauch (früher auch Missbrauch oder Abusus; ca. 2,7 Mio. Menschen in Deutschland): ein Konsummuster, das bereits zu benennbaren somatischen, psychischen oder sozialen Schäden geführt hat, ohne dass aber die Abhängigkeitskriterien erfüllt sind.
- Abhängigkeit (Sucht; ca. 1,6 Mio. Menschen in Deutschland; etwa 5% der Männer und 2% der Frauen): Mehrere der folgenden Abhängigkeitskriterien sind erfüllt (nach der ICD-10 mindestens drei innerhalb eines Einjahreszeitraums):

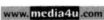

- Starker Wunsch oder Zwang, Alkohol zu konsumieren/Unfähigkeit zur Abstinenz
- Vegetative Entzugssymptomatik bei Trinkpause (Zittern, Schwitzen, innere Unruhe, Schlafstörungen, Blutdruck- und Pulsanstieg)
- Toleranzentwicklung (immer größere Mengen werden für die gleiche Wirkung benötigt)
- Kontrollverlust: Damit ist insb. die Unfähigkeit, nach dem Beginn des Trinkens den Konsum auf ein vertretbares Maß zu beschränken, gemeint. Es wird weitergetrunken bis zum Umfallen oder bis die Vorräte aufgebraucht sind.
- Fortgesetzter Konsum trotz bereits für den Abhängigen erkennbarer negativer Folgen
- Vernachlässigung anderer Interessen oder Pflichten

5.1.3 Komplikationen

- Rausch (akute Alkoholintoxikation): akute reversible organische Psychose mit qualitativer und quantitativer Bewusstseinsveränderung, gehobener Stimmung, Abbau von Ängsten und Hemmungen, Dysarthrie, Koordinationsstörungen, psychomotorischer Erregung etc.
- Komplizierter Rausch: quantitativ stärker, oft mit Aggressivität.
- Pathologischer Rausch: Zumeist ist ein sehr schwerer Rauschzustand, der (i.d.R. aufgrund einer hirnorganischen Vorschädigung) unter einer für die Stärke des Rauschs eigentlich zu geringen Alkoholmenge auftritt, gemeint. Evtl. mit deliranten oder paranoid-halluzinatorischen Symptomen und anschließendem Terminalschlaf sowie retrograder Amnesie.
- Vegetatives Entzugssyndrom: mit innerer Unruhe, Tremor, Schwitzen, Schlafstörungen, Puls- und Blutdruckanstieg (cave!), gelegentlicher Aggressivität oder Brechreiz, evtl. epileptischen Entzugskrämpfen. Dauer: i.d.R. einige Tage.
- Prädelir: schweres vegetatives Entzugssyndrom mit o.g. Symptomatik und evtl. Halluzinationen.
- Ein Delir kann viele (immer organische) Ursachen haben. Das Alkoholdelir (Delirium tremens) tritt meist im Entzug auf und ist gekennzeichnet durch optische Halluzinationen ("schnell, viel, beweglich", z.B. "weiße Mäuse"!), qualitative und quantitative Bewusstseinsstörungen, motorische Unruhe (Nesteln an der Bettdecke), vermehrte Beeinflussbarkeit (Suggestibilität; Patienten lesen auf Aufforderung einen Satz von einem weißen Blatt oder ergreifen einen gar nicht existenten Faden), Desorientierung sowie die o.g. vegetativen Entzugssymptome.

Am gefährlichsten ist die vegetative Entgleisung mit überwiegen des Sympathikotonus. Ein schweres Delirium ist intensivstationspflichtig. 25% der Patienten versterben an einem unbehandelten Delirium tremens (infolge der Kreislaufdysregulation)! Dauer: bis zu 20 Tage.
- Alkoholhalluzinose: ist vor allem durch akustische Halluzinationen gekennzeichnet; Spätfolge

Schnelldifferenzierung nach IMPP

	Alkoholhalluzinose	Alkoholdelir, Delirium tremens
Epidemiologie	Selten	Häufig
Ätiologie	Langjährige Alkoholabhängigkeit	Im Alkoholentzug
Psychopathologle	Paranoid-halluzinatorische Psychose, akust. Halluzinationen (kommentierende Stimmen/Chor; oft nur als Pseudohalluzinationen), Verfolgungswahn, keine Bewusstseinsstörung	Bewusstseinsstörungen, Desorientiertheit, optische Halluzinationen ("weiße Mäuse")
Psychomotorik	Kaum	Unruhe, Nesteln, Agitiertheit
Neurologische Symptome	Keine	Tremor, Krampfanfall möglich
Vegetatitve Symptome	Kaum	Schwitzen, Hypertonie/Hyperthermie, Tachykardie, Kreislaufkollaps
Dauer	Wochen bis Monate, Chronifizierung möglich	Bis zu 20 Tage, wenn nicht therapiert

- Wernicke-Korsakow-Enzephalopathie: Bei bis zu 5% aller Alkoholerkrankten, meist zwischen dem 50. und 60. Lj.
  Das Wernicke-Korsakow-Syndrom wird durch Vitamin-B1(Thiamin)-Mangel (bei Alkoholkranken häufig) verursacht.

Dies führt in den Corpora mamillaria zu Einblutungen und im Thalamus-bereich zu Degenerationen. Man unterscheidet eine akute Form (Wernicke-Enzephalopathie) und eine chronische Form (Korsakow-Syndrom). Wernicke-Enzephalopathie: Notfall, sofortige Behandlung mit hochdosiertem intravenösem Vitamin B1! Klinische **Trias** aus **Bewusstseinstrübung**, **cerebellärer Ataxie**, **Ophthalmoplegien** (Augenmuskellähmungen/Nystagmus). Ebenso sind delirante Symptome mit Halluzinationen, Krampfanfällen, Apathie und Koma möglich.

Korsakow-Syndrom (Sergej S. Korsakow, 1854–1900): Das Korsakow-Syndrom ist ein amnestisch-konfabulatorisches Syndrom mit schweren mnestischen Defiziten, Desorientiertheit und Konfabulationen (Erinnerungslücken werden durch erfundene Versatzstücke gefüllt). Nicht reversibel.

Sehr selten lassen sich bei chronisch Alkoholerkrankten das Marchiafava-Bignami-Syndrom (Degeneration im Balken) und die Pachymeningeosis haemorrhagica interna (blutige Auflagerungen an der Dura mater mit Symptomen wie bei einer Subduralblutung) finden.

5.1.4 Therapie

Bei der Therapie der Alkoholabhängigkeit muss man in der Frühphase die krankheitsimmanenten Verleugnungstendenzen berücksichtigen. Psychotherapeutische Aufklärung und Förderung von Einsicht und Behandlungsmotivation ist erforderlich. Es folgt zunächst eine stationäre Entgiftungstherapie (Entzug, Dauer bis 3 Wochen), anschließend eine Entwöhnung (Rehabilitation) in einer speziellen Suchtklinik, teilstationär (tagesklinisch) oder ambulant (Dauer zumeist 12 Wochen). Hier hat sich eine Kombination aus psychodynamischen und verhaltenstherapeutischen Therapieansätzen bewährt. Hinterher sollte eine dauerhafte ambulante Nachsorge in Selbsthilfegruppen erfolgen. In der medikamentösen Langzeittherapie der Alkoholabhängigkeit können sog. Anticraving-Substanzen wie z.B. der Glutamat-Antagonist Acamprosat (Campral®) eingesetzt werden, die das Verlangen bzw. "den Saufdruck" hemmen. Eine Rückfallprophylaxe von 30% wird hier als Erfolg betrachtet.
Zur Behandlung des akuten Entzugssyndroms und des Delirium tremens werden Clomethiazol (Distraneurin®), Carbamazepin, Benzodiazepine, Neuroleptika und α-Rezeptorenblocker (Clonidin) eingesetzt.

Ethanol (C2H5OH)

psychiatrische/zentralnervöse Folgen

Wesensveränderung
Interessensverlust/Einengung des Interesses auf den Suchtstoff
Motorische und kognitive Verlangsamung
Unehrlichkeit

Gedächtnisstörungen
Demenz
Korsakow-Syndrom
Delirium
Entzugskrampfanfälle
Ataxie

Akute, (scheinbar) positive Wirkungen

Angst- und Spannungsreduktion
Euphorisierend
Minderung von Schlafstörungen
Verbesserung von Selbstwertgefühl und Kontaktfähigkeit

Soziale Folgen

Beruf
Wohnen, Finanzen
Kriminalität
Partnerschaft, Familie

körperliche Folgen

Leber
Fetthepatitis
Zirrhose
Karzinom
Synthesestörungen
mit u.a. Gerinnungsstörungen, Ikterus
Pankreas
Pankreatitis (akut, chronisch)
Karzinom
endokrine (Diabetes mellitus) und exokrine Insuffizienz
Magen
Gastritis
Oesophagus
Oesophagitis
Varizen mit Blutungsgefahr
Karzinom

Mund, Kehlkopf, Colon
Karzinom
Haut
Teleangiektasie
Spider Naevi
Rhinophym
Gesichtsrötung
Palmarerythem
Herz, Kreislauf
Kardiomyopathie
Art. Hypertonus
periphere Nerven
Polyneuropathie
Fortpflanzung
Impotenz
Alkoholtoxische Embryopathie

IMPP-relevante Selbsthilfegruppen: AA (Anonyme Alkoholiker), Al-Anon für Partner, Alateen für Kinder von Abhängigen.

5.2 Nikotin

Das Nervengift Nikotin wirkt zunächst erregend und später blockierend auf nikotinerge Acetylcholinrezeptoren ("Ich bin aufmerksamer, auf der Toilette klappt es morgens besser"). Kanzerogen sind die Verbrennungsprodukte des Tabaks (Kondensate), welche zu einer erhöhten Inzidenz von Karzinomen der Atemwege, des Gastrointestinaltrakts, der Blase und der Gefäße bei Rauchern führen ("... den Weg für die Krebse teeren .."). Das im Rauch enthaltene Kohlenmonoxid vermindert die körperliche Leistungsfähigkeit, schleimhautreizende Stoffe verursachen eine chronische Bronchitis und Gastritis. Das Arterioskleroserisiko ist bei Rauchern drastisch erhöht.

Typische Entzugssymptome sind vegetative Dysregulation, Unruhe, erhöhte Reizbarkeit, Appetitsteigerung, Gewichtszunahme, Schlafstörungen. Entwöhnung durch Nikotinpflaster/-kaugummi, Akupunktur, Verhaltens- und Motivationsprogramme.

5.3 Cannabis (Marihuana)

Der Wirkstoff Tetrahydrocannabinol wird wegen der sedierenden, morphinverstärkenden und appetitanregenden Wirkung auch von Patienten mit fortgeschrittenen Tumorerkrankungen genommen.

Obwohl keine körperliche Abhängigkeit zu bemerken ist, entwickelt ein Teil der Cannabiskonsumenten eine z.T. schwere psychische Abhängigkeit.

Bei langjährigen "Usern" kann eine Wesensveränderung mit Apathie ("Hasch macht lasch"), Regression und sozialer Verwahrlosung beobachtet werden. Cannabis wird kritisch als Einstiegsdroge gesehen. Ebenso wird es meistens mit Tabak geraucht und führt so zu den o.g. Schäden. Der Ausbruch von schizophrenen Psychosen kann so begünstigt und deren Verlauf sehr ungünstig beeinflusst werden.

5.4 Opioide

Opiate aus Opium (getrocknete Milch aus den Samenkapseln des Schlafmohns) respektive Opioide (Substanzen mit opiatähnlicher Wirkung) wirken analgesierend, euphorisierend und bewirken ein Gefühl des Losgelöstseins von der Wirklichkeit. Neben einer starken Abhängigkeit tritt schon nach wenigen Tagen eine Toleranzentwicklung ein (Symptome, siehe Tab. S. 67). Bei einer Morphinvergiftung kommt es zu einer Atemdepression, stecknadelkopfgroßen Pupillen und Bewusstlosigkeit. Entzugssymptomatik (24 h nach Absetzen): siehe Tab. S. 67. Therapie: Aussteigerprogramme (stationäre Entgiftung, dann vielmonatige Entwöhnung), Substitution mit Methadon.

.5 Kokain

Auch: Koks, Schnee, Crack (mit Backpulver gestreckt); wird in Südamerika angebaut, von den Indianern als Stimulanz bei körperlicher Ermüdung und von Sigmund Freud zur Behandlung von Morphinisten genutzt. Es zeichnet sich durch eine starke psychische und geringe körperliche Abhängigkeit aus. Neben maniformer Erregung und Euphorie (antriebs- und energiesteigernd), die mit abklingender Wirkung von Apathie und Depression abgelöst wird, kommt es zu weiteren sympathikotonen Reaktionen (siehe Tab. S. 67)

.6 Psychostimulanzien

Amphetamine (Speed, Crystal, Glass) und Ecstasy (MDMA, XTC, Adam oder Cadillac) sind eine Gruppe synthetisch hergestellter Substanzen, die teilweise auch in Medikamenten (z.B. Methylphenidat = Ritalin®) enthalten sein können. Psychostimulanzien (Psychotonika, Amphetamine) gab es früher rezeptfrei in jeder Apotheke - als Appetitzügler. Aufgrund der geringen körperlichen Abhängigkeit, den kaum vorhandenen Entzugssymptomen und der sympathomimetischen Wirkung (Leistungssteigerung, geringes Schlafbedürfnis, Enthemmung) erfreuten sie sich zunehmender Beliebtheit bei Konsumenten der Technoszene (z.B. Ecstasy). Leider trüben Nebenwirkungen und mögliche Komplikationen (Abhängigkeit, Amphetaminpsychose mit paranoid-halluzinatorischer Symptomatik sowie Gewichtsverlust, art. Hypertonie, Nierenschäden, Tremor, Schlafstörungen) die Anwendungsfreude.

.7 Halluzinogene

Halluzinogene wie LSD, Meskalin oder Krötengifte bewirken eine illusionäre Verkennung und Halluzinationen aller Sinne. Der Schriftsteller William S. Burroughs ("Naked Lunch") lobte die psychedelische, zeit- und raumverändernde und "bewusstseinserweiternde" Wirkung des LSD, er erkaufte sich diese jedoch mit heftigen Konzentrationsstörungen, Flashbacks und Nachhallpsychosen: In illusionärer Verkennung erschoss er so seine Frau, der er eigentlich einen Apfel vom Kopf schießen wollte.

5.8 Schnüffeln ("sniffen")

Schnüffelstoffe wie Reiniger oder organische Lösungsmittel ("thinner", Aceton, Benzin, Leim) sollen den zumeist sehr jungen Konsumenten Euphorie, Rausch und Ablenkung bescheren, bewirken aber neben einer ausgeprägten psychischen Abhängigkeit auch gefährliche körperliche und geistige Folgen (siehe Tab. S. 67).

5.9 Abhängigkeit von Arzneimitteln

5.9.1 Benzodiazepinabhängigkeit

Tranquilizer zeichnen sich durch eine angstlösende, beruhigende, schlaffördernde und euphorisierende Wirkung aus, sie führen zu deutlicher psychischer und physischer Abhängigkeit auch im Niedrigdosisbereich. Bei Überdosierung kommt es zu verwaschener Sprache, Tremor und Ataxie. Im oft prolongierten Entzug Schlaflosigkeit, Angst, Delir oder epileptische Anfälle; daher stets ausschleichendes Absetzen.

5.9.2 Analgetikaabhängigkeit

Häufig mit freiverkäuflichen (ASS, Paracetamol) oder verschreibungspflichtigen Präparaten (Metamizol, Codein, Tramadol, Tilidin).
Im Entzug Kopfschmerzen, Unruhe, Angst oder Depressivität. Nebenwirkungsbedingt oft Leber- oder Nierenschäden (Analgetikanephropathie durch nichtsteroidale Analgetika, früher Phenacetinniere).

5.9.3 Barbituratabhängigkeit

Heute selten. Intoxikation und Entzugssymptome wie bei der Alkoholabhängigkeit. Barbiturate wirken sedierend bis schlaferzwingend und narkotisierend sowie antiepileptisch, atemsuppressiv und auch euphorisierend. Entzugssymptome sind durch Unruhe, Tremor, Erbrechen und epileptische Krampfanfälle gekennzeichnet, meist ist nur ein fraktionierter Entzug möglich.

Zeit für viel Kaffee!

Abhängigkeitstyp	Psychische Abhängigkeit	Körperliche Abhängigkeit mit Entzugssyndrom	Toleranzentwicklung	Sonstige Nebenwirkungen
Cannabis (Marihuana, Haschisch)	Ja	Keine	Bei langjährigem Gebrauch	Passivität, Interessenlosigkeit, "Hasch macht lasch", Psychoseninduktion
LSD (synth. Mutterkornderivat) Halluzinogene	Mäßig bis stark	Keine	Schnell	EEG-Veränderungen, verändertes Zeit- und Raum-erleben, Halluzinationen, "Bewusstseinserweiterung", Flashback, Nachhallpsychosen
Kokain, Crack	Sehr stark	Entspeicherung Noradrenalin: Apathie, Kachexie	Kaum	Sympathikotone Reaktionen: Mydriasis, Tachykardie, Leisungssteigerung, Euphorie, Delir, Halluzinationen, Dermatozoenwahn
Stimulanzien, Amphetamine (Speed, Khat, Ecstasy)	Stark	Keine	Ausgeprägt	Sympathikotone Reaktionen
Opium, Opiate, Morphin	Sehr stark	Abhängigkeit nach Tagen; Vagotonus überwiegt: spastische Obstipation, trockene Haut, Bradykardie, Müdigkeit, Miosis, Libido sinkt; Entzug (24 h nach Absetzen): Sympathikotonus überwiegt: Schwitzen, RR steigt, Diarrhö, Krämpfe, Angst	Sehr stark	Erbrechen, Miosis, Atemdepression, Tonuserhöhung der glatten Muskulatur u. spastische Obstipation
Schnüffeln, "Sniffen"	Stark	Atem-/Herzrhythmusstörungen	Ausgeprägt	Enzephalitis, Gedächtnis- und Konzentrationsstörungen, Polyneuropathie, Leber- und Nierenschäden

6. Neurotische, Belastungs- und somatoforme Störungen

Unter dieser Sammelbezeichnung subsumiert die ICD-10 verschiedene Störungsbilder, für die man eine neurotische Genese, also eine Verursachun durch unbewusste innere Konflikte annahm. Da sich jedoch zeigte, dass häu fig eine multifaktorielle Ätiologie, bei der auch genetische und andere orga nische Faktoren eine Rolle spielen, bedeutsam ist, verzichtet die ICD-10 auf diesen ätiopathogenetischen Ansatz der psychoanalytischen Neurosenlehre und wählt einen rein deskriptiven. Dies hat freilich nicht nur Vorteile, wird doch unter Aufgabe von Erkenntnissen aus 100 Jahren deutscher Psychiatri (zugunsten von Neuerungen aus den USA) die Frage nach dem Warum völli außer Acht gelassen. (Was wohl Jung, Adler und Freud zu diesem emanzipa torischen Vatermord gesagt hätten?)

Epidemiologie

Die Prävalenz beträgt ca. 10–20% in den westlichen Industrieländern. Es sin vermehrt Frauen zwischen 20 und 30 Jahren betroffen.

6.1 Angsterkrankungen

Angst ist normalpsychologisch (Staatsexamen ...) und überlebensnotwendig Sie äußert sich immer psychisch (Fluchtwunsch, katastrophisierende Gedan ken ...) und körperlich (Tachykardie, RR-Anstieg, Schwitzen, Hyperventilatio Diarrhö). Tritt sie unbegründet oder übermäßig stark auf, kann sie patholo gisch werden. Bei Angsterkrankungen besteht die Gefahr der sekundären Arznei- oder Alkoholabhängigkeit (zur Angstbekämpfung). Drei Hauptdia gnosen werden unterschieden: Phobien, generalisierte Angst und Panik attacken.

6.1.1 Phobien

Hier leidet der Patient an einer unbegründeten und übertriebenen Angst v einem spezifischen Objekt oder einer Situation: z.B. Klaustrophobie: (Angst vor engen Räumen), Tierphobie, Flugangst, Erythrophobie (Angst zu erröter Agoraphobie ist eigentlich die Angst vor weiten Plätzen (agora = der Mark der Begriff hat sich aber ausgeweitet und bezeichnet heute häufig die Angst, das Haus zu verlassen und insbesondere in Menschenmengen (volles Kaufhaus, U-Bahn, Rolltreppe ...) zu sein.

Dem Patienten ist das Unsinnige der Angst bewusst, dennoch kann er sie nicht unterdrücken. Typisch ist das Meideverhalten des Patienten, das jedoch, insbesondere bei der Agoraphobie, zu einer zunehmenden Ausweitung der angstbesetzten Situationen führt (zunächst nur die Freiflughalle des Zoos, schließlich jede Straßenecke, an der der Betroffene mal eine Taube gesichtet hatte ...).
Frauen sind häufiger als Männer betroffen, Mischbilder sind möglich.
Therapie: Besonders die monosymptomatischen Phobien (Phobie als einziges Symptom) im Kindes- und Erwachsenenalter sind psychotherapeutisch gut behandelbar: Verhaltenstherapie, z.B. systematische Desensibilisierung (stufenweises Training der angstbesetzten Situationen unter therapeutischer Anleitung). Die Konfrontation mit der Angst drängt diese zurück. Antidepressiva, insbesondere serotoninverstärkende (z.B. SSRI).

> Dysmorphophobie: Angst, wegen Körperfehlern auf soziale Ablehnung zu stoßen. Kann auch Symptom einer beginnenden Schizophrenie oder Depression sein.

.1.2 Generalisierte Angststörung

Unbegründete, diffuse Angst "vor allem", ohne dass der Patient benennen kann, wovor. Hält über mindestens mehrere Wochen an und ist an den meisten Tagen der Woche vorhanden.
Therapie: Antidepressiva und/oder Psychotherapie.

.1.3 Panikattacken

Plötzlich, anlasslos (auch aus dem Schlaf heraus) für bis zu 30 Minuten anhaltende heftige Angst mit typischen vegetativen Angstsymptomen ohne konkreten Inhalt. Bis zu mehrmals am Tag. Zu Beginn der Erkrankung rufen die Patienten oft die Feuerwehr. (Wichtig also, an diese Diagnose im Notarztwagen oder in Rettungsstellen zu denken!) Führt oft zu Angsterwartung (Angst vor der Angst oder der nächsten Panikattacke).

Häufung im 3. Lebensjahrzehnt, starke Chronifizierungstendenz.
Tritt häufig gemeinsam mit Agoraphobie auf.
Therapie: Antidepressiva.

6.2 Zwangsstörungen (Zwangsneurosen, Zwangserkrankungen)

Ein Anteil von 1–2% der Bevölkerung leidet unter Zwängen (Punktprävalenz),
die zwar als unsinnig erkannt, jedoch nicht unterdrückt werden können.
Unterdrückungsversuche lösen Ängste und negative Affekte aus. Zwangssymptome sind häufig. Als pathologisch oder behandlungsbedürftig sind sie
nur anzusehen, wenn sie starkes Leid verursachen oder den Betroffenen stark
behindern (der Zwang, zu kontrollieren, ob die Haustür verschlossen ist, kann
z.B. so stark sein, dass der Patient das Haus nicht mehr verlassen kann;
Waschzwang kann bis zur Ablösung der Haut führen). Der Beginn liegt oft
bereits im Jugendalter, fast nie nach dem 40. Lebensjahr.

Zwangserkrankungen treten mit drei Symptomen auf:
- Zwangshandlungen: Beispielsweise: Waschzwang, Kontrollzwang (Herd, Licht,
  Wasserhahn aus? Tür abgeschlossen?), Zählzwang (Treppenstufen, Laternen-
  masten, Tapetenmuster ...).
- Zwangsgedanken: zumeist obszönen/sexuellen, aggressiven oder blasphemischen Inhalts ("Gott ist ein Zuhälter"). Treten dutzende bis tausend Mal am
  Tag auf. Je mehr der Patient versucht, die Gedanken zu unterdrücken, desto
  eher stellen sie sich ein. (Selbsttest: Versuche, unter keinen Umständen an
  einen rosa Elefanten mit blauen Ohren zu denken!)
- Zwangsimpulse: innere Handlungsimpulse fast immer aggressiven oder auto-
  aggressiven Inhalts, die der Patient keinesfalls umsetzen möchte, jedoch
  panisch fürchtet, die Kontrolle über sich selbst zu verlieren (was aber so gut
  wie nie passiert). Beispiel.: Angst, das eigene Kind aus dem Fenster zu werfen,
  dem Ehepartner das Küchenmesser in den Bauch zu rammen. Dutzende bis
  tausend Mal am Tag. Wird in der ICD-10 unter die Zwangsgedanken subsumiert.

Therapie: Verhaltenstherapie, Psychoanalyse/tiefenpsychologisch fundierte
Psychotherapie, Antidepressiva (SSRI).
Prognose: eher ungünstig, zu ¾ chronischer Verlauf; Männer und Frauen
gleich häufig betroffen.

6.3 Belastungs- und Anpassungsstörungen

Das sind psychogene Reaktionen auf akute oder chronische Belastungen. Kurzzeitige Reaktionen (z.B. auf den unerwarteten Verlust eines Angehörigen) nennt man **akute Belastungsreaktion** (Dauer Stunden oder wenige Tage), längerfristige Anpassungsstörungen (Dauer bis 6 Monate, bei depressiven **Anpassungsstörungen** bis 2 Jahre). Sie können sich z.B. mit depressiver oder Angstsymptomatik äußern. Ausmaß oder Dauer der Symptomatik sind oft inadäquat für die initiale Belastung, was auf prädisponierende Faktoren des Betroffenen (z.B. ungenügend ausgeprägte Verarbeitungsmechanismen) hinweist. **Posttraumatische Belastungsstörungen** (PTSD = posttraumatic stress disorder) sind lang anhaltende Reaktionen nach einschneidenden, existentiell bedrohlichen Erlebnissen (z.B. Flugzeugabsturz, Vertreibung, KZ-Erlebnisse). Kann in andauernde Persönlichkeitsveränderung übergehen. Syptomatik: sich aufdrängende Erinnerungen an das Trauma (Nachhallerinnerungen, flashbacks), Alpträume und Schlafstörungen, Gefühl von Betäubtsein, Freudlosigkeit, Abgestumpftheit, allgemeine Schreckhaftigkeit, Vermeidung von allem, was an das Trauma erinnert.
Therapie: Psychotherapie (z.B. Verhaltenstherapie, Entspannungsverfahren), Antidepressiva.

6.4 Dissoziative Störungen (Konversionsstörungen)

Sie äußern sich typischerweise mit pseudoneurologischen körperlichen Symptomen, z.B. motorischen oder sensiblen Ausfällen, psychogenen (dissoziativen) epilepsieähnlichen "Anfällen", Ohnmachten (man denke an die riechsalzbedürftigen, korsettgeschnürten Frauen zu Freuds Zeiten), Taub- oder Blindheiten.
Psychodynamisch werden sie als Abwehr interpretiert (früher: hysterische Neurosen, Konversionsneurosen) und sind die Umwandlungen verdrängter psychischer Konflikte.[1] Der unbewusste Konflikt wird also auf den Körper verschoben (junge Mutter fühlt sich im Haushalt überfordert, entwickelt Lähmungserscheinungen der Hände). Das körperliche Symptom hat zumeist symbolhaften Ausdruckscharakter für den Konflikt selbst.
Lerntheoretisch erzielt der Patient einen Krankheitsgewinn. Typisch ist, dass die belastende Situation verneint wird, die Symptome aber als sehr belastend angegeben werden. Psychodynamisch liegt eine Fixierung in der ödipalen Phase vor (siehe S. 107).

Therapie: Klärung aktueller belastender Konstellationen, Bearbeitung des unbewussten Konflikts in einer Psychoanalyse, Gesprächstherapie, Reduktion des Krankheitsgewinns.

Weitere Symptome sind: Lähmungen, die sich nicht an die nervalen Versorgungsgebiete halten, Par- und Hypästhesien, Stimmlähmungen, psychogenes Globusgefühl.

---

[1] So definiert Freud in "Studien über Hysterie" die "... Bezeichnung 'Konversion' für die Umsetzung psychischer Erregung in körperliche Dauersymptome ...". In der fast zeitgleich erschienenen Studie "Die Abwehr - Neuropsychosen" konstatiert er weiterhin: "Bei der Hysterie erfolgt die Unschädlichmachung der unverträglichen Vorstellung dadurch, daß deren Erregungssumme ins Körperliche umgesetzt wird, wofür ich den Namen 'Konversion' vorschlagen möchte".

Terminologie

Weitere typische dissoziative Symptome:

- Abasie: Gehunfähigkeit
- Aphonie, Dysarthrie, Dysphonie: Sprachstörungen ("Schnürt mir die Kehle zu ...")
- Arc de cercle: theatralisches, sexualisierendes Überstrecken des Körpers zu einem "Bogen" in einem dissoziativen Anfall.
- Astasie: kann nur mit Hilfe stehen
- Ataxie: ungeschickte Koordination von Bewegungen, Nichtgehenkönnen
- Dissoziative Amnesie: Patient kann sich (scheinbar) nicht mehr an wichtige Dinge (z.B. autobiographische Daten) erinnern
- Dysbasie: bizarres, gestelztes Gangbild
- Dissoziative Fugue (Bewegungszustände, Weglaufen, Flucht): läuft umnebelt davon
- Dissoziative Krampfanfälle: Im Gegensatz zum echten Krampfanfall fehlen hier Zungenbiss, Einnässen, Verletzungen (kaum sichtbare Abstützbewegungen im Fall). Meist geschlossene/zugekniffene Augen (bei Epilepsie: offen) und Reaktionen auf äußere Reize (auf Schmerz; Gegenhalten bei dem Versuch, die Augen aufzuziehen) sowie Verstärkung der Symptomatik unter Beobachtung bzw. Nachlassen bei Nichtbeachtung. Die dissoziativen Anfälle können von vegetativen Symptomen (Blutdruckanstieg, Tachykardie, Schwitzen) begleitet sein.
- Dissoziative Identitätsstörungen (multiple oder alternierende Persönlichkeit): verschiedene Persönlichkeiten wechseln sich in einem Körper ab (Dr. Jekyll und Mr. Hyde)
- Dissoziativer Stupor: liegt bei offenen Augen unbeteiligt und starr da (Queequeg aus "Moby Dick" sieht seinen eigenen Tod voraus und verfällt in dissoziativen Stupor)
- Ganser-Syndrom (nach S. Ganser 1898): Vorbeireden und Falschantworten ("Wie viele Ohren hat ein Mensch?" "Drei.")
- Psychogener Dämmerzustand: Patient erscheint nicht voll orientiert
- Funktioneller Tremor: synchrones Muskelzittern, meist proximale Extremitäten

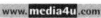

6.5 Somatoforme Störungen/psychosomatische Krankheiten

6.5.1 Allgemeine Gesichtspunkte

Der Begriff Psychosomatik geht auf den Mediziner J. C. August Heinroth (1773–1848) zurück, der die Auffassung vertrat, dass die meisten körperlichen Erkrankungen psychisch bedingt seien und 1818 den Begriff "psychosomatisch" prägte. Freud gilt als Begründer der modernen Psychosomatik, wird doch in der Phasenlehre eine Parallelität der körperlichen und seelischen Entwicklung dynamisch entwickelt. Groddeck erklärte 1917 das Es zur Quelle von Organerkrankungen und forderte die psychoanalytische Mitbehandlung von internistischen Erkrankten. Alexander differenzierte 1950 in Konversionssymptome (mit symbolhafter körperlicher Darstellung psychodynamischer Konfliktsituationen) und vegetative Neurosen, in welchen chronische psychische Zustände Organreaktionen zugeordnet wurden, z.B. die Angst dem Hypertonus.

Es ist hilfreich, die psychosomatischen Erkrankungen weiterhin in zwei Bereiche zu unterteilen: einerseits körperliche Störungen, die rein psychogen verursacht werden (somatoforme Störungen, Somatisierungsstörung, hypochondrische Störung), und in organische Krankheiten, deren Verläufe stark oder ausschließlich vom seelischen Befinden des Patienten beeinflusst werden (eigentlich psychosomatische Störungen).

6.5.2 Rein psychogen verursachte Störungen

Sich durch körperliche Symptome oder die Sorge vor körperlichen Erkrankungen äußernde, psychisch bedingte Störungen. Die Abgrenzung zu den dissoziativen Störungen, die sich ja auch durch körperliche Symptome manifestieren, ist nicht immer einfach: Bei den somatoformen Störungen finden sich nicht vorrangig "pseudoneurologische" Symptome, das Symptom hat keinen Symbolcharakter und es wird nicht generell ein verdrängter unbewusster Konflikt angenommen.

Man unterscheidet drei Störungsbilder:

Somatoforme Störung

Vorwiegend ein Organsystem ist betroffen (gastrointestinale, urologische oder kardiale somatoforme Störung; auch somatoforme Schmerzstörung).

Somatisierungsstörung

Mehrere oder viele Organsysteme ohne klare Präferenz sind beteiligt.

Hypochondrische Störung

Hier stehen weniger die körperlichen Symptome selbst, als die Angst vor körperlicher Erkrankung, verbunden mit ängstlicher Zuwendung auf körperliche Äußerungen, im Vordergrund. Die Angst kann z.T. wahnnah sein.

Somatoforme Störungen und **Somatisierungsstörungen** sind dadurch gekennzeichnet, dass sich trotz intensiver Diagnostik keine körperlichen Ursachen für die einzelnen oder multiplen körperlichen Symptome oder Beschwerden finden lassen (somatoform: einer somatischen, körperlichen Erkrankung ähnlich). Dennoch ist die Diagnose keine reine Ausschlussdiagnose; vielmehr muss die psychiatrische Untersuchung zumindest Hinweise auf einen zugrunde liegenden seelischen Konflikt ergeben.

Eine nur symptomorientierte bzw. organzentrierte Therapie endet meist frustran für den Patienten (Patient mit unbewegtem Gesicht: "Herr Doktor, ich habe unerträgliche Beschwerden, das muss doch eine Ursache haben") und den somatisch orientierten Arzt ("Sie haben nix, alle Befunde o.B."). Anders als bei der bewussten Simulation von Krankheiten ist der somatoforme Patient überzeugt, an einer rein organischen Erkrankung zu leiden, und meist ängstlich damit beschäftigt ("Der Heilpraktiker sagt, es läge am Amalgam"). Zu den "typischen" somatoformen Störungen zählen allgemeine (meist multiple) Schmerzsyndrome, gastrointestinale Beschwerden (Bauchschmerzen, Übelkeit, Verstopfung oder Durchfall), vegetative Störungen (Neurasthenie = Erschöpfung, Müdigkeit, verminderte Leistungsfähigkeit), kardiovaskuläre Beschwerden (Dyspnoe, Brustschmerzen, Herzklopfen), Spannungskopfschmerzen. Bei Kindern können es "unerklärliche" Bauchschmerzen sein. Im Jugendalter treten dann die typischen Erwachsenenbilder auf.

Die Prävalenzraten variieren je nach Studie zwischen 4% und 20%, auch bei Kindern und Jugendlichen treten somatoforme Störungen mit bis zu 11% relativ häufig auf.

Oft imponieren Patienten mit Somatisierungsstörungen durch einen langen Leidensweg mit vielen Arzt- (Doktorhopping) und Therapeutenkontakten (Heilpraktiker, Selbsthilfegruppen, Schamanen) und einer langwierigen Suche nach einem erfolgreichen Therapeuten ("Nur Sie können mir noch helfen!"). Die Komorbidität mit anderen psychischen Störungen ist hoch: So können sich bereits im Kindes- und Jugendalter Ängste, Persönlichkeitsstörungen, sozialer Rückzug (Schulversagen), im weiteren Verlauf Depression, Verzweiflung oder lange Krankenstände bis hin zur Frühberentung manifestieren. Multiple und meist unnötige, beschwerdegesteuerte Organdiagnostik (Patient: "Dann eben noch eine Spiegelung!") und Operationen fördern eine Chronifizierung und entlasten den Therapeuten (Arzt: "Habe ich doch etwas übersehen?") nur scheinbar.

Regelmäßige Einbestellung des Patienten, rationale Diagnostik, Vermeidung von unnötigen Operationen und genuine Empathie für die Leiden und die Lebenssituation des Patienten (Arzt: "Der Hausbau belastet Sie sehr, oder?") können eine kaum therapierbare Chronifizierung vermeiden helfen. Eine vorwiegend psychotherapeutische Therapie erfolgt entweder ambulant oder in speziellen Kliniken für psychosomatische Medizin. Die Patienten formulieren zunächst häufig deutliche Vorbehalte gegen eine seelische Ursache. ("Ich will nicht auf die Psychoschiene!") Die Erkenntnis, dass nicht körperliche Fehlfunktionen die Probleme verursachen, fällt Patienten und ihrer Umgebung ("Mein Sohn sagt, ich brauche ein Ganzkörper-MRT") zunächst sehr schwer.

 Die Einführung der "Somatoformen Störung" (F45) im ICD-10 ist eng mit der Aufgabe eines zentralen Gedankengebäudes Freuds, nämlich der Hysterie, verbunden.

Andere synonym gebrauchte traditionelle Bezeichnungen sind:

Somatoforme Störung (ICD-10)

Allgemeines psychosomatisches Syndrom, funktionelle Störung, Konversionshysterie, psychogene Störung, psychische Überlagerung, vegetative Dystonie.

In enger Beziehung zur somatoformen Störung oder Somatisierungsstörung stehen vermutlich funktionelle Syndrome wie das Chronic Fatigue Syndrom (CFS: Chronisches Müdigkeitssyndrom), Fibromyalgie (diffuses Schmerzsyndrom, vermutlich eine Konfliktverarbeitungsstörung), Irritable Bowel Syndrom (Reizdarmsyndrom), Multiple Chemical Sensitivity Syndrom usw. Diese "Diagnosen" können für den Patienten befreiend wirken ("Endlich weiß man, was ich habe"), durch Selbsthilfegruppen und ungeeignete Therapeuten aber weiter chronifiziert werden ("Ich bekomme jetzt vom Heilpraktiker Infusionen").

6.5.3 Psychosomatische Störungen

Bei psychosomatischen Erkrankungen spielt die Psyche eine entscheidende Rolle für den Krankheitsverlauf, die Krankheitsremission bzw. Non-Remission und die Krankheitsschübe. Da ein Organkorrelat diagnostiziert werden kann, ist auch eine organzentrierte (z.B. internistische) Behandlung Grundbedingung für die Gesundung des Patienten.

Psychosomatische Erkrankungen treten häufig auf. Bis zu 30% Hausarztbesuche und bis zu 42% der Akutkrankenhauseinweisungen sollen psychosomatischen Erkrankungen zugrunde liegen – interessanterweise in dichtbesiedelten Gebieten öfter (Prävalenz von 26% urban versus 11% in ländlichen Gebieten).

Psychosomatische Beschwerden treten familiär gehäuft auf, vermutlich ist die Disposition vererbbar. Der Ausbruch wird aber auch durch die individuelle Lebenssituation getriggert. Ebenso scheinen psychosomatische Erkrankungen einer Fluktuation und einer kulturellen Entwicklung unterworfen zu sein: Waren hysterische Symptome geradezu prototypisch für den Beginn des 20. Jahrhunderts, so scheinen es heute in Deutschland die chronischen Schmerzen, in Japan Angst vor eigenem Körpergeruch, in Frankreich Leberbeschwerden zu sein. Gleichbleibend ist allerdings, dass mehr Frauen als Männer mit der Diagnose psychosomatische Störung apostrophiert werden. Es scheint, als könne bei den Patienten eine erhöhte Rate psychischer Stressfaktoren (Partner- und Familienkonflikte, Überforderung durch die Pflege von Angehörigen, Todesfälle im Familienkreis, bedrohter Arbeitsplatz etc.) beobachtet werden. Ist der oder die Patientin mit der Verarbeitung solcher Konflikte und Ereignisse überfordert, so entwickelt sich eine Dauerstress-Situation, die sich dann auch organisch manifestiert: "(Dys-)Stress macht krank".

Die klassischen psychosomatischen Krankheiten ("holy seven") waren Asthma bronchiale, Colitis ulcerosa, arterielle Hypertonie, Migräne, Neurodermitis, rheumatoide Arthritis und Ulcus duodeni.

Zu Freuds Zeiten zählten auch Infektionskrankheiten, z.B. die Tuberkulose, dazu. Dieser Ansatz mag zunächst verwirren, erfährt aber durch die Erkenntnisse der Psychoimmunologie aktuelle Unterstützung ("Vor [oder nach!] Prüfungen werde ich immer krank ..."). Ebenso benennt Freud psychosomatische Erkrankungen der Haut, des Essverhaltens (Anorexia nervosa) und motorische Störungen.

Die Erkenntnis, dass eine psychosomatische Erkrankung vorliegt, ist meist ein längerer Prozess für den behandelnden Arzt sowie den Patienten und dessen Angehörige.

Erkrankung	Psychodynamische Deutung	Lerntheoretische Aspekte
Anorexia nervosa	Narzisstische Abwehr der eigenen Leiblichkeit/Frauenrolle, Regression auf frühere Vorstufe	
Adipositas	Fixierung auf orale Befriedigung	Kind verletzt sich und bekommt ein Bonbon; Belohnungscharakter
Asthma bronchiale	Hingezogensein zur Mutter	Reizgeneralisierung, gelerntes Verhalten (Asthmaanfall bereits bei Kunststoffblume)
Spannungskopfschmerzen	Leistungskonflikt: übergroße Leistungsansprüche	
Herzneurose	Trennungskonflikte	

"Mein Magen tut weh, die Leber ist geschwollen, das Kopfweh hört nicht mehr auf und wenn ich von mir selbst reden darf: ich fühle mich auch nicht wohl." (Karl Valentin)

7. Persönlichkeitsstörungen

7.1 Allgemeines

Persönlichkeiten (Charaktere) variieren von
Mensch zu Mensch, von gemütsarm bis hyperthym,
von paranoid bis anklammernd-abhängig. Die Abweichung von der Norm
besteht nicht im Merkmal an sich, sondern in dessen Prägnanz bzw. Ausprägung. Die pathologische Schwelle (Persönlichkeits**störung**) ist erreicht,
sobald die Stärke der Merkmalsakzentuierung zu Konflikten mit der Umwelt
führt (z.B. bei antisozialen Persönlichkeiten!) oder vom eigenen Selbst als
quälend empfunden wird (**Leidenskriterium**). Die Persönlichkeit eines Menschen ist langfristig angelegt und sehr veränderungsstabil; sie hilft uns, uns
in der Vielzahl der komplexen Herausforderungen des Lebens zu orientieren
und handlungsfähig zu sein. Dementsprechend sind Persönlichkeitsstörungen
dauerhafte, mindestens seit der Adoleszenz bestehende Normabweichungen
(**Längsschnittkriterium**). Eine im 40. Lebensjahr beginnende Persönlichkeitsstörung gibt es nicht! Häufiger in der Großstadt vorkommend als auf
dem Land. Männer und Frauen sind insgesamt gleich oft betroffen, das gilt
allerdings nicht für die speziellen Formen im Einzelnen (z.B. dissoziale Persönlichkeitsstörung häufiger bei Männern, ängstlich-abhängig bei Frauen).
Hilfsmittel zur Diagnostik sind Persönlichkeitstests wie das Freiburger Persön-
lichkeitsinventar.
Persönlichkeitsstörungen bestehen oft komorbid zu anderen psychiatrischen
Erkrankungen und verschlechtern i.d.R. deren Prognose und Behandelbarkeit.
Weil sie so häufig begleitend vorkommen, werden sie im US-amerikanischen
Diagnosesystem DSM als "Achse-II-Störungen" bezeichnet, während die übri-
gen psychiatrischen Diagnosen "Achse-I-Störungen" sind.
Man grenzt verschiedene Persönlichkeitsstörungen voneinander ab. Hierbei
handelt es sich jedoch nicht um gottgegebene Diagnosen, sondern um den
Versuch, besonders typische und häufig vorkommende Akzentuierungen zu
beschreiben. Weitere Formen sind möglich, Überschneidungen zwischen den
verschiedenen Formen häufig.

7.2 Spezielle Formen der Persönlichkeitsstörung

Paranoide Persönlichkeitsstörung

Erlebnisse werden meist als gegen die eigene Person gerichtet empfunden ("Die anderen Angestellten arbeiten alle gegen mich ...").

Schizoide Persönlichkeitsstörung

Persönlichkeitsmuster mit emotionaler Kälte und Abkapselung anderen Menschen gegenüber; Neigung zur Vereinsamung.

Dissoziale (soziopathische/antisoziale) Persönlichkeitsstörung

Antisoziales, häufig kriminelles Verhalten kombiniert mit dem Fehlen eines Gewissens und der mangelnden Fähigkeit, aus Erfahrungen zu lernen. Häufig im Strafgericht/in Haft anzutreffen.

Emotional instabile Persönlichkeitsstörung

Stark und unberechenbar schwankende Stimmung (mehrmals am Tag oder sogar in der Stunde) mit der Tendenz, diese auszuleben.

- Impulsiver Typ: Mangelnde Kontrolle über das eigene, häufig aggressive Verhalten, Impulse (Wutausbrüche) werden ohne Rücksicht auf die Konsequenzen ausgelebt.
- Borderline-Typus: starke Schwierigkeiten der Emotionsregulation. Affekte werden durch kleinste Anlässe extrem stark und überlang ausgelöst.
Die Betroffenen verfügen über kein klares Bild von sich selbst, ihren Wünschen und Zielen. Sehr häufig selbstverletzendes Verhalten (z.B. Schnitte in die Unterarme), wodurch sie sich aus unaushaltbaren inneren Anspannungszuständen befreien. Emotional intensive, aber unbeständige Beziehungen. Sehr häufig gepaart mit anorektischer oder bulimischer Essstörung. Gehäuft bei Frauen; fast immer findet sich eine durch extreme Vernachlässigung, inkonstante oder fehlende Bezugspersonen, Gewalt oder sexuellen Missbrauch geprägte, traumatisierende Kindheit.

Terminologie "Borderline"

Der Begriff "Borderline" soll ausdrücken, dass die Störung aufgrund ihrer Schwere und weil auch kurze psychotische Episoden (sog. "Minipsychosen") vorkommen, "auf der Grenze" zwischen Neurose und Psychose liegt.

Histrionische (hysterische) Persönlichkeitsstörung

Hysterische Persönlichkeiten mit starkem, theatralischem Geltungsbedürfnis (lat. histrion = Schauspieler), das sie mit allen Mitteln (Pseudologia phantastica) befriedigen wollen. Hierdurch wird eine eigentlich dominierende quälende innere Leere und Langeweile bekämpft. Große Schwierigkeiten, Dinge längerfristig zu verfolgen. Eher Frauen (griech. hystera = Uterus).

Historische Note: Bei Angstzuständen, Unterleibsspannungen, dranghaften Einkaufsgelüsten pflegten Ärzte im 19. Jahrhundert die Diagnose "Hysterie" zu stellen. Dem Briten Dr. Joseph Mortimer Grandville war es zu verdanken, dass dieses Leiden nicht ohne Behandlungsmöglichkeit blieb – 1883 meldete er ein elektromechanisches Massagegerät zum Patent an. Nachfolger wie der "Pifco-Vibro-Massager" sollten durch sanfte Stimulationen die o.g. Defizite sowie Langeweile, Ermüdung und Extrapfunde wegmassieren.

Anankastische (zwanghafte) Persönlichkeitsstörung

Sparsame, hochnotpeinlich saubere, eigensinnige, unflexible und pedantische Menschen (Typ: Bankangestellter).

Ängstliche (vermeidende) Persönlichkeitsstörung

Dauerhaft angespannte Personen, unsicher, besorgt und empfindsam, leicht verletzbar, mit schlechter Durchsetzungskraft und großem Bedürfnis nach sozialer Anerkennung.

Abhängige (asthenische) Persönlichkeitsstörung

Aufgrund der Selbstwahrnehmung als hilflos und schwach werden wichtige Entscheidungen um den Preis der eigenen Unterordnung anderen überlassen. Beständige Ängste, verlassen zu werden.

Narzisstische Persönlichkeitsstörung

Das "großartige" Konstrukt des Narzissmus erlebt eine erhebliche Kränkung durch den ICD-10, da es in seiner "Großartigkeit" nicht mit einer eigenen Untergruppe berücksichtigt wurde. Nach Freud liegt dem Narzissmus ein Defizit in der Regulation des Selbstwertgefühls zugrunde. Es besteht eine erhöhte Kränkbarkeit mit Minderwertigkeitsgefühlen für die eigene Person, kompensiert durch die pathologische Selbstbezogenheit. Ätiologisch soll hier eine Störung in frühen Objektbeziehungen (i.d.R. Beziehung zur Mutter) zugrunde liegen.

Weitere, nicht näher vom GK benannte Persönlichkeitsstörungen:

Hyperthyme Persönlichkeit

Oberflächlich und unkritisch, redselig und betriebsam, aufdringlich und streitsüchtig.

Depressive Persönlichkeit

Still und aggressionsgehemmt, meist fleißig und zuverlässig.

Wer jetzt erschreckt in sich hineinhorcht, darf aufatmen: Wie oben erwähnt, liegt das Pathologische nicht in dem Persönlichkeitsmerkmal an sich, sondern in dessen Ausprägung.

B. Essstörungen

B.1 Adipositas (Obesity, Fettsucht)

Inadäquate, übermäßige Kalorienzufuhr und ein zu geringer Kalorienverbrauch führen zur Fettleibigkeit und entsprechenden Komorbidität (jeder zweite Hypertoniker ist adipös; die Inzidenz der Herz-Kreislauf-Erkrankungen, des Diabetes, des metabolischen Syndroms steigt an). Der BMI (Kg KG/m^2) unterteilt in Normgewicht (BMI 18,5 bis 25 kg/m^2), Präadipositas (Übergewicht) (25–30 kg/m^2), Adipositas Grad I (30–35 kg/m^2), Grad II (35–40 kg/m^2) und Grad III (BMI > 40 kg/m^2). Morphologisch wird zwischen dem gynoidalen Birnentyp und dem bauchbetonten, pathologischeren Apfeltyp (Risiko für Folgeerkrankungen deutlich erhöht bei einer w/h ["waist to hip ratio"] > 0,85 bei Frauen und 1,05 bei Männern) unterschieden. Oft haben die Patienten mehrere, frustrane Diäten mit Jojoeffekt hinter sich, sind bei höherem BMI sozial isoliert (Couchpotato) und von Begleiterkrankungen geplagt.
Therapie: BMI adaptiert, Ernährungs- und Bewegungstraining, Verhaltenstherapie, medikamentös (Sibutramin [Reductil®] und Orlistat [Xenical®]) oder Operation (Gastric banding) ab Grad III.

B.2 Anorexia nervosa (Magersucht)

Die überwertige Idee oder die Angst, zu dick zu sein, obwohl der BMI unter 17,5 liegt, wird als Anorexia nervosa bezeichnet. Die Prävalenz beträgt 1% und betrifft in 95% der Fälle junge Frauen, bei denen es fast immer zur Amenorrhoe kommt. In 5% der Fälle sind Jungen betroffen (hier sehr schnelle Verläufe). Es sterben 4–15% der Patienten, darunter viele Suizide. Prognostisch ungünstig sind andere psychiatrische Diagnosen, gestörte Familienverhältnisse und eine extreme Gewichtsabnahme. Psychodynamisch scheint bei Mädchen eine Nichtakzeptanz der Frauenrolle vorzuliegen, die sich symbolhaft in der Verweigerung der körperlichen Ausreifung manifestiert. Häufig sind Ober- und Mittelschichtfamilien betroffen, in denen dominante Mütter vorherrschen sollen. Auslöser können gemeinsame Diäten von Mutter und Tochter sein, wobei die Mutter meist aufgibt, die Tochter aber (auch heimlich) weitermacht.

Die Anorexie kann mit Laxanzien- und Diuretikaabusus, sportlicher Überaktivität und dem Selbstauslösen von Erbrechen nach dem Essen einhergehen. Bezeichnend sind eine fehlende Krankheitseinsicht bei unrealistischer Einschätzung des eigenen Körpers, der als zu dick wahrgenommen wird (sog. Körperschemastörung). Der Hausarzt wird meist wegen Amenorrhöen, Obstipation (Folge des Laxanzienmissbrauchs!) und auf Drängen der Familie wegen Kachexie aufgesucht. Begleitend sind Hypokaliämien (Grund: Laxanzienabusus, induziertes Erbrechen) mit EKG-Veränderungen, Lanugobehaarung und Östrogenmangel. Die Therapie erweist sich wegen der Non-Compliance als äußerst schwierig, wobei interessanterweise Magensonden eher gut toleriert werden, da die Flüssignahrung von den Kranken als Medizin angesehen wird. Ansonsten sollte eine Familien- und Verhaltenstherapie versucht werden.

IMPP	Anorexieprofil: weiblich, leicht (Körpergewicht 15% unter der Norm), jung (14–19 Jahre), fehlende Krankheitseinsicht.

8.3 Bulimia nervosa (Ess-Brech-Sucht)

Heißhunger- und Fressattacken mit der Aufnahme großer Nahrungsmengen und danach selbstinduziertem Erbrechen oder Laxanzienabusus. Häufig zwischen dem 20. und 30. Lebensjahr, zu 95% bei Frauen. Ständige Fokussierung auf Fragen der Ernährung, zu Diäten und dem Abführen.
Schuldgefühle bei Gewichtszunahme, hoher Leidensdruck im Gegensatz zur Anorexie. Gewicht meistens im Normbereich oder leicht darüber. Komplikationen sind Zahnschmelzdefekte (Magensäure), Elektrolytverschiebungen, gastrointestinale Beschwerden.
Therapie: In ausgewählten Zentren mit Kontrolle des Essverhaltens und Gesprächstherapie.

8.4 Psychogenes Erbrechen

Wiederholtes Erbrechen ohne die o.g. Symptome, z.B. bei emotionalen oder dissoziativen Störungen.
(Mein Leben ist wirklich zum Kotz...)

9.   Schlafstörungen

Mindestens an 3 Tagen pro Woche mindestens
4 Wochen lang. Eigentlich sollten Schlafstörungen
nicht nach dem Nachtschlaf, sondern nach der
Tagesbefindlichkeit diagnostiziert werden (wer tagsüber wach und leistungs-
fähig ist, muss nicht einen durchgehenden 8-Stunden-Schlaf erzwingen)!

9.1   Insomie

Schlafstörung, z.B. Ein- oder Durchschlafstörung.

9.2   Hypersomnie

Schlafsucht, deutlich erhöhtes Schlafbedürfnis.

9.3   Parasomnie

Qualitative (nicht quantitative) Schlafstörungen; abnorme Episoden während
des Schlafs, z.B. Schlafwandeln (Somnambulismus).

 Zeit für einen großen Kaffee ...

10. Kinder- und Jugendpsychiatrie

10.1 Oligophrenien

Oligophrenien (Intelligenzminderung, Schwachsinn, geistige Behinderung) sind zu 80 Prozent idiopathisch.
Ansonsten u.a. bedingt durch:

- Pränatale Noxen (Drogen- oder Alkoholkonsum der schwangeren Mutter, Hypoxien, Strahlenexpositionen)
- Schwangerschaftsinfektionen (Röteln, Toxoplasmose, Lues, Listeriose, Zytomegalie)
- Metabolische Störungen wie PKU (Phenylketonurie), Homozystinurie, Ahorn-Sirup-Krankheit, Galaktosämie, Lipidosen, Leukodystrophien, M. Wilson, Purinstoffwechselstörungen
- Postnatale Störungen (Meningitis, Hirntraumen, Morbus haemolyticus fetalis
- Genetische Erkrankungen wie Down-Syndrom (Trisomie 21, am häufigsten), Turner-Syndrom (45 X0) oder Klinefelter-Syndrom (47 XXY)

Die Prävalenz bei der Normalbevölkerung liegt bei ca. 2–3%. Es sind eher Jungen als Mädchen betroffen. Erkrankungsrisiko: 60% oligophrene Nachkommen, wenn beide Elternteile, 30%, wenn nur eines betroffen ist. Manche dieser Oligophrenien können durch Primärprävention (Noxenmeidung bei Mutter und Vater!) vermieden werden. Durch Sekundärprävention kann eine Krankheitsdeterioration (Krankheitsverschlimmerung) verhindert werden (erneuter Guthrie-Test bei auffälligen Neugeborenen). Die Tertiärprävention soll Folgeschäden vermeiden (Reha). Humangenetische Beratung ist ratsam.

Intelligenzminderung			
Alte Einteilung	Neu: ICD-10 (Grad der Intelligenzminderung)	Häufigkeit: Insgesamt ca. 2–3% der Gesamtpopulation	Therapie
Grenzdebilität (IQ 70–84)	Lernbehinderung (IQ 70–84)	Überlagerung durch Umwelteinflüsse	Förderschule/ Sonderschule
Debilität (IQ 50–69)	Leicht (IQ 50–69)	80–85% aller Intelligenzminderungen	Sonderschule, pflegebedürftig
Imbezillität (IQ 20–49)	Mittelgradig (IQ 35–49)	10–12% aller Intelligenzminderungen	Praktisch bildbar
Schwere Oligophrenie	Schwer (IQ 20–34)	3–7% aller Intelligenzminderungen	Vollständige Betreuung
Idiotie	Schwerst (IQ < 20)	1–2% aller Intelligenzminderungen	

10.1.1 Dementia infantilis (Hellersyndrom)

Ätiologie unklar. Ab dem 3.–4. Lebensjahr zunehmende Retardierung und intellektueller Abbau nach zunächst normaler Entwicklung. Symptomatik: Schreckhaftigkeit, Unruhe, affektiver und motorischer Modulationsverlust mit starrem Puppengesicht, Wahnvorstellungen und Wesensveränderungen, später Sprachverlust.

Jedoch keine motorischen Ausfälle!

10.1.2 Kramer-Pollnow-Syndrom (Franz Kramer, Hans Pollnow, Berliner Psychiater)

Motilitätspsychose (vulgo: gesteigerte Unruhe) bzw. hyperkinetisches Syndrom ab dem 3. Lebensjahr. Meist nach fieberhaften Infekten; mit epileptiformen Krämpfen, Wutanfällen, Scheinschwachsinn oder Intelligenzminderung verbunden.

Eine Abmilderung oder völlige Genesung ist möglich!

10.2 Organische Psychosyndrome/frühkindliche Hirnschädigung

(Synonym: Cerebral palsy, cerebrale Kinderlähmung, M. Little)

Dabei handelt es sich um prä-, peri- oder postnatal erworbene frühkindliche Hirnschädigungen zwischen dem 1. Schwangerschaftsmonat und dem 1. Lebensjahr, bei denen das kindliche ZNS vor der Ausreifung in Mitleidenschaft gezogen wird. Meist mit spastisch-motorischen Störungen einhergehend. Ebenso sind Wachstums-, Entwicklungs- und weitere neurologische Störungen (Epilepsie, Tonusanomalien, extrapyramidale und pyramidale Defekte) oder eine auffällige Psychopathologie (Unruhe, Konzentrations- oder Lernschwäche, verminderte Auffassungsgabe) zu beobachten.

Minimale Form

Früher häufig als minimal cerebrale Dysfunktion bezeichnet. Wird heute z.T. als Manifestation des hyperkinetischen Syndroms (HKS, s.u.) interpretiert.

Maximale Form

M. Little (Infantile Cerebralparese) oder Oligophrenien (s.o.). 85% treten perinatal (Hypoxie, Infektionen, Traumata), 15 % während des 1. Lebensjahres auf. Es sind ca. 8% aller Kinder betroffen, dabei eher Jungen.

!!IMPP spezial: Autogenes Training und Hypnose sind im Kindesalter kaum durchführbar.

10.3 Umschriebene Entwicklungsstörungen

Auch als Teilleistungsschwächen mit isolierten und im frühen Kindesalter zunächst unbemerkten Störungen in kognitiven Bereichen beschrieben.

10.3.1 Entwicklungsstörungen der Sprache

Eine Sprachentwicklungsstörung liegt vor, wenn im Alter von 2,5–3 Jahren nur 3–4 Wörter gesprochen werden. Ursachen können endogen (Autismus, Genetik, Intelligenzminderung, Epilepsie) oder exogen (defizitäre sprachliche Stimulanz, soziales Umfeld) sein.

Cave: Teletubbies!

10.3.2 Störungen des Sprechens

Terminologie

- Agrammatismus, Dysgrammatismus: grammatikalisch entstellte Sprache, entwicklungsphysiologisch normale Durchgangsphase, ab dem 4. Lebensjahr behandlungsbedürftig.
- Alalie: inadäquate Lautbildung bei einer Störung der Sprechwerkzeuge.
- Audimutitas (Hörstummheit): Sprachstörung vor Abschluss des Spracherwerbs bei intaktem Hörvermögen und unauffälligen Sprachwerkzeugen; bei Sprachverständnisschwierigkeiten handelt es sich um eine sensorische Audimutitas, um eine motorische Audimutitas bei intaktem Sprachverständnis und gestörter Sprachbildung.
- Dyslalie (Stammeln): Auslassen einzelner Laute, Ersatz durch andere Laute bzw. die Unfähigkeit, bestimmte Laute (meist Konsonanten) richtig auszuformen. Die Dyslalie ist zwischen dem 2. und 4. Lebensjahr physiologisch. Eine später auftretende Artikulationsstörung muss abgeklärt werden.
- Sigmatismus (Lispeln, "wie Duffy Duck"): häufigste Form des Stammelns.
- Gammazismus, Lamdazismus: Artikulationsstörung der Laute G und L.
- Mutismus: Sprachverweigerung (total oder elektiv).
- Poltern: überstürzter Redefluss.
- Rhinolalie: Näseln.
- Stottern (Ischnophonie, Balbutie, Dysphemie, Psellismus): Lautbildungsstörung mit tonisch-klonischem Pressen von Einzellauten und deren Wiederholung. Hysterisches Stottern: Pseudostottern bei heftigen Gemütsbewegungen.
- Physiologisches Stottern: sprachliche Unfertigkeit des Kleinkindes.
- Surdomutitas (Taubstummheit): kein Hörvermögen vorhanden.

Die Therapie sollte - in Abhängigkeit von der Störung - frühzeitig ein geschulter Logopäde, Pädaudiologe oder Kinder- und Jugendpsychiater übernehmen, um sekundäre Verhaltensstörungen, z.B. in der Schule, zu vermeiden.

10.3.3 Legasthenie (Lese-Rechtschreib-Schwäche LRS, Dyslexia)

Isolierte Lese- oder Rechtschreibschwäche, die sich meist im 2. Schuljahr bei 6% aller Kinder manifestiert. Jungen sind ca. viermal häufiger betroffen. Auch bei Linkshändern gehäuft. Es handelt sich meist um eine isolierte Teil-leistungsschwäche bei ansonsten normalen schulischen Leistungen.
Die Diagnostik erfolgt durch Anamnese, Wahrnehmungsdiagnostik, Rechtschreib- und Lesetests.

Die Intelligenz und sonstige Leistungen liegen meist im Normbereich, daher spricht man auch von einer Teilleistungsschwäche. Ohne Therapie können sich – bedingt durch Überforderung und Versagensängste – reaktive Störungen (Aggressivität als Folge verminderten Selbstwertgefühls, Labilität, auffälliges Sozialverhalten) entwickeln.

Therapie: Konzentrations- und Wahrnehmungstraining, da visueller und auditiver Input nicht genügend differenziert werden kann, Lese- und Rechtschreibtraining. Wichtig vor spezifischer Lese-Rechtschreib-Diagnostik sind Intelligenztests, um eine Minderbegabung auszuschließen.

10.3.4 Rechenstörung (Dyskalkulie)

Kommt seltener vor als die LRS. Es sind ca. 2% aller Kinder betroffen. Deutli-che Beeinträchtigung des schulischen Erfolgs; Therapie: üben, üben, üben!

10.4 Hyperkinetisches Syndrom (HKS, ADHS)

(Aufmerksamkeitsdefizit-Hyperkinetische-Störung, "Zappelphilipp")
Das hyperkinetische Syndrom ist ein immer häufiger diagnostiziertes multi-faktorielles Syndrom bei ca. 4% aller Schulkinder. Die Hälfte der Fälle beginnt vor dem 4. Lebensjahr.

Merke: HKS-Trias!

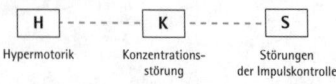

Jungen sind häufiger betroffen (3:1). Auffällig sind Hyperkinesien (motorische Unruhe), Konzentrationsschwächen und Affektstörungen (hohe Impulsivität mit niedriger Frustrationstoleranz), häufig in Kombination mit Selbstwertstörungen, Legasthenie (Lese-/Schreibschwäche), Rechenschwäche (Dyskalkulie), Wahrnehmungsstörungen (Links-rechts-Unterscheidung). Eine Intelligenzminderung muss nicht bestehen. Zum Teil ist ein Sistieren in der Pubertät zu beobachten.

Therapeutisch haben sich Verhaltenstherapie (Erlernen von Impulskontroll- und Copingstrategien [Umgangs- und Kompensationsmöglichkeiten]), sowie das (amphetaminartige) Psychostimulanz Methylphenidat (Ritalin®), das hier eher eine Art paradoxen Effekt entfaltet, sowie die therapeutische Einbeziehung der Eltern (Familientherapie) und Beratung der Lehrer bewährt.

Sonderform: ADS, Aufmerksamkeitsdefizitstörung.
Konzentrationsstör. und Störungen der Impulskontrolle ohne Hyperaktivität ("Träumer"). Erschwerte Diagnostik!

10.5 Weitere emotionale und Verhaltensstörungen

Gruppe emotionaler Störungen mit eher günstiger Prognose.

- (Physiologisch ist die Achtmonateangst [Fremdeln, Xenophobie]: Kind lernt zwischen Mutter und anderen Personen zu unterscheiden.)
- Regulationsstörungen im Säuglings- und Kleinkindesalter: Fütter-, Schrei- und Schlafstörungen (Dreimonatskoliken). Bei Persistieren Beratung, evtl. Therapie der Eltern
- Ängste: diffus, frei flottierend
- Dissoziative Störungen, Hysterie, Konversionssyndrome (siehe S. 71)
- Phobien: abnorme Furcht vor bestimmten Objekten oder Situationen
- Pica: Ingestion offensichtlich ungenießbarer Substanzen über das 2. Lebensjahr hinaus, oft in Kombination mit Intelligenzminderung
- Psychoreaktive Störungen: bei akuten oder persistierenden Belastungen mit Depression, Ängsten, Mutismus, auch bei Kindesmisshandlungen ("battered child syndrome"), Deprivation (unzureichende geistige, körperliche oder seelische Stimulation und Zuwendung, emotionale Vernachlässigung)
- Störungen des Schlafes:
- Pavor nocturnus: ein meist bei Jungen vorherrschendes, nächtliches Angstsyndrom

- Somnambulismus (Schlaf-/Nachtwandeln): betrifft eher Kinder als Erwachsene; Kinder sind schwer erweckbar, Handlungen wirken mechanisch
- Zwänge: Zwangsgedanken, Zwangshandlungen, rituelle Handlung zur Unlust- oder Angstvermeidung, manchmal auch zur Psychoseabwehr

10.6   Störungen des Sozialverhaltens

- Dissozialität: gestörte Gemeinschaftsfähigkeit (z.B. Schuleschwänzen als Beginn einer dissozialen Entwicklung, beginnende Delinquenz: Stehlen etc.)
- Verwahrlosung: Kombination aus mangelndem familiärem und sozialem Bewahrtsein mit Persönlichkeitsveränderungen
- Delinquentes juveniles: strafunmündige (< 14 Jahre) Kinder bzw. Jugendliche, die straffällig werden

  Diese Begriffe fasst der ICD-10 unter Störungen des Sozialverhaltens zusammen. Auch häufige, weit über das übliche (?) pubertäre Maß hinausgehende Übertretungen sozialer Normen (Jugendkriminalität, Schulverweigerung, frühe Drogeneinnahme, früher Sexualverkehr, Vandalismus, häufiges Lügen, Stehlen etc.) werden hier eingeordnet. Häufig bei Kindern mit desolaten Familienverhältnissen ("Broken Home", "Die große Flatter"). Lediglich bei einer Minderheit der eher männlichen Kinder und Jugendlichen mit gestörtem Sozialverhalten liegt ein hirnorganischer Befund vor. Therapeutisch wird abgestuft vorgegangen: Einschalten von Jugendamt oder Einzelfall-/Familienhelfer; Familientherapie; Einzeltherapie des Kindes oder Jugendlichen bis zur Herausnahme aus der Familie; in seltenen nicht gruppenfähigen Fällen sog. Erlebnispädagogik.

 Bart S. ist trotz suspektem Äußeren hirnorganisch gesund!

10.7   Frühkindlicher Autismus

Beschreibt ein erhebliches Kontakt- und Beziehungsdefizit mit Störungen der Kommunikation (sowohl in der Interaktion als auch der Wahrnehmung und des Sprechens selbst) wie auch ritualisierte, stereotype bis zwanghafte Verhaltensweisen. Prävalenz: Kanner-Typ: 5 pro 10.000 Kinder und Jugendliche; Asperger-Typ: 8–10 pro 10.000.

10.7.1 Frühkindlicher Autismus nach Kanner

Schwere emotionale und motorische Störung mit starker Selbstbezogenheit und Abkapselung in eine eigene Gedankenwelt; Kontakt-, Sprach- und Wahrnehmungsstörung. Jungen sind dreimal häufiger betroffen. Beginn vor dem 30. Lebensmonat; andere Menschen sind wie "nicht existent", Verhaltensrituale, Handlungsstereotypien, Intelligenzminderung, Veränderungsängste, oft lebenslange Therapie (Heilpädagogik, Verhaltenstherapie, Psychopharmaka). Ursache ungeklärt, vermutlich organisch, genetische Mitverursachung ist sehr wahrscheinlich.

10.7.2 Asperger-Syndrom

Keine Intelligenzminderung, sondern frühe sprachliche und motorische Begabung bzw. Spezialinteressen. Autismus wird erst im Kleinkindesalter deutlich, ganz überwiegend sind Jungen betroffen. Die Prognose ist günstiger als beim Kannertyp. Therapie: Verhaltens-, Musik-, Ergo- und Psychotherapie.

Syndrom	Asperger (Typ "Rainman") "Kindlicher Autismus"	Kanner "Frühkindlicher Autismus"
Jungen : Mädchen	9:1	4:1
Häufigkeit	8–10:10.000 Kinder Jugendliche	5:10.000 Kinder und Jugendliche
Beginn	Ab 2.–3. Lebensjahr	In den ersten Monaten
Intelligenz	Normal bis überdurchschnittlich	Niedrig, Spiel- und Kontaktstörungen
Reife	Spricht, bevor es laufen lernt	Läuft vor Sprachentwicklung
Kontaktstörung	Mitmenschen stören, aggressiv, spricht nicht mit anderen, Stereotypien und Sonderinteressen	Mitmenschen nonexistent, "Solipsismus", in eigener Welt verhaftet

Syndrom	Asperger (Typ "Rainman") "Kindlicher Autismus"	Kanner "Frühkindlicher Autismus"
Progredienz	Eher statisch; Rückbildung möglich	Eher dynamische Entwicklung, oft lebenslang

10.7.3 Rett-Syndrom (in memoriam Andreas Rett, österreichischer Pädiater, 20. Jahrhundert)

Betrifft in der klassischen Variante nur Mädchen, ca. 1:20.000, (X-chromosomal gebundener Erbgang; letaler Faktor bei Jungen?). Im Säuglingsalter weitestgehende Symptomfreiheit. Ab dem 7. Lebensmonat bis zum 2. Lebensjahr kommt es zu einer ubiquitären und progredienten Retardierung mit Entwicklungsstillstand, psychomotorischer Rückentwicklung (Sprachverlust, Ataxie) und verzögertem Kopfwachstum (Mikrocephalus), Hypersalivation und speicheln der Hände. Typisch sind Bewegungsstereotypien mit windenden, waschbewegungsartigen Handbewegungen. Später weiterer Verfall evtl. mit epileptischen Anfällen, starrer Spastik, Verschlossenheit, "leerem Lächeln".

10.8 Psychosen des Kindes- und Jugendalters

10.8.1 Schizophrenien

Prävalenz in Kindheit und Jugend: 0,4%. In der Kindheit selten: Nur 4% aller schizophrener Erkrankungen beginnen vor dem 14. Lebensjahr, nur < 1% vor dem 10. Lebensjahr. Häufiger hingegen ist ein Beginn in der Pubertät. Ätiologie: analog zum Erwachsenen multiätiologische Genese. Im Kontrast zur Erwachsenenschizophrenie nur wenig produktive Symptome. Je jünger die Betroffenen sind, desto weniger Ähnlichkeit ergibt sich im Vergleich zu den adulten Verläufen.

Klinik	
Kind	Jugendlicher
Schleichender Beginn, Entwicklungs- und Leistungsknick, Regression auf eine frühere Entwicklungsstufe (Einkoten, Einnässen, Sprachstörungen), Ängste, Zwänge, Depressivität, wenig produktive Symptome	Ähnlich der adulten Schizophrenie, initial evtl. Adoleszenten- und Pubertätskrisen

Prognose: Je früher, desto ungünstiger; akuter Beginn hat bessere Prognose als schleichender. Therapie: siehe Therapie der adulten Form auf S. 58.

0.8.2 Affektive Psychosen

Die affektiven Störungen (mono- oder bipolar mit Manie oder Depression) werden zunehmend auch im Kindesalter und bei Jugendlichen diagnostiziert. Sie ähneln in Klinik und Therapie nur in Teilen den adulten Formen (siehe Kap. Affektive Erkrankungen S. 40) und sind daher oft schwieriger zu erkennen.

0.9 Spezielle Störungen

0.9.1 Enuresis

Enuresis nocturna betrifft eher Jungen und bezeichnet ein nächtliches Einnässen (Bettnässen) ohne somatischen Befund in einem Alter über 5 Jahren. Eine **Enuresis diurna** (Hosennässen) ist seltener, davon sind meist Mädchen betroffen.
Primäre Enuresis: Kind war noch nie trocken, hier spricht man ätiologisch eher von einer Reifeverzögerung.
Sekundäre Enuresis: erneutes Einnässen nach mehr als 6-monatiger willkürlicher Kontrolle der Blasenentleerung. Man vermutet hier psychogene Ursachen (Konflikte, Enttäuschungen).
Therapie: Klingelhose/-matratze, nächtliche Toilettengänge, Toilettentraining, evtl. medikamentöse Therapie (Antidiuretisches Hormon [ADH]/Minirin®).

10.9.2 Enkopresis

Die **primäre Enkopresis** bezeichnet ein Einkoten tagsüber über das
4. Lebensjahr hinaus, die **sekundäre Enkopresis** ein erneutes Einkoten nach
Symptomfreiheit. Organische Störungen sollten hier zuerst ausgeschlossen
werden (M. Hirschsprung, Analfissuren etc.). Jungen sind 4-mal häufiger
betroffen.
Therapie: beratende oder medikamentöse Therapie, Toilettentraining.

10.9.3 Elektiver/totaler Mutismus

Sprechverweigerung bei vorhandenem Sprachvermögen, meist im Vorschul-
alter auftretend. **Elektiv** gegenüber ausgewählten, **total** gegenüber allen
Ansprechpartnern ohne Differenzierung. Es sind eher Mädchen betroffen,
ca. 3 pro 10.000 Kindern.

10.9.4 Jaktationen (Jactatio capitis et corporis)

Stereotype, sich ständig wiederholende Bewegungsmuster (typisch:
Schaukelbewegungen). Meist bei Kleinkindern und Säuglingen, seltener in
der Pubertät. Eher bei vernachlässigten Kindern, evtl. gepaart mit Zähneknir-
schen (Bruxismus), Aerophagie, Haareausreißen (Trichotillomanie).
Jactatio diurna ist das Hin- und Herwerfen des Kopfes (**J. capitis**), der
Glieder oder des Rumpfes (**J. corporis**) am Tag, **Jactatio nocturna** das in der
Nacht.

10.9.5 Ticstörungen/Tourette-Syndrom

Unwillkürliche, repetitive, unregelmäßige Automatismen, die man in einfache
motorische oder vokale Tics (z.B. Zuckungen einer oder mehrerer Muskelgruppen in Form von Blinzeln oder Gesichtszucken, Husten- oder Räus-
perzwang) oder komplexe Störungen (Grimassieren, Tic général, Tic convulsiv
spasmoider Tic) unterteilt. Da diese Störungen im Schlaf sistieren und bei
Anspannungen vermehrt auftreten, interpretiert man sie meist als psychogen
beeinflusst (Konfliktdarstellung, Ventilfunktion bei Anspannung). Seltener
treten sie bei organischen Störungen auf.

Gilles de la Tourette Syndrom: mit motorischen Automatismen z.B. des Gesichts (Schnaufen, Ausspucken, Grimassieren), **und** vokalen Tics wie Echolalie, Echophrasie (zwanghaftes Nachsprechen), Palilalie (Wort-, Satzwiederholungen), Koprolalie (Phonationstic mit Obszönitäten, Fäkalworten). Erbliche Belastung, chronische Verläufe überproportional häufig, transitorische Tics eher seltener. Beginn zwischen dem 2. und 15. Lebensjahr, Erkrankungsgipfel: 7. Lebensjahr (Einschulung).

MPP   Jungen sind 3 bis 4-mal häufiger betroffen.

0.9.6 Schulangst, Schulphobie und Schuleschwänzen

Schulstörungen lassen sich bei ca. 20% aller Grundschüler finden, Tendenz eher steigend.

Schulangst: Furcht vor Lehrern, Noten und Klassenkameraden
Schulphobie: bedingt durch Trennungsängste der Kinder, keine primären Ängste vor der Institution Schule
Schuleschwänzen: möglicherweise Beginn einer dissozialen Entwicklung, meist soziale Unterschicht betroffen

0.9.7 Körperlicher und sexueller Missbrauch (Battered child syndrome)

Die Prävalenz soll bei etwa 150.000–200.000 Fällen pro Jahr liegen, wobei die Zahlen und Dunkelziffern stark variieren. Die Klinik umfasst Verletzungen im Kopf-, Rumpf- und Extremitätenbereich, die oft als Unfallverletzungen präsentiert werden. Häufig werden dann aber auch alte Traumen (z.B. schlecht verheilte Frakturen im Röntgenbild) festgestellt. Die Täter, seltener Täterinnen, stammen meist aus dem nahen Umfeld. Geschlagene Kinder neigen später selbst zu Gewalttätigkeiten. Die Kinder werden meist in Pflegefamilien oder Heimen untergebracht, eine psychiatrische Betreuung der posttraumatischen Störungen (Idendidätsprobleme, mangelndes Selbstwertgefühl, Angststörungen) ist indiziert. Später häufig Borderline-Persönlichkeitsstörung (siehe S. 80).

11. Sexualstörungen

Als Sexualstörungen werden sexuelle Funktionsstörungen und Abweichungen von der "akzeptierten sexuellen Norm" bezeichnet.

11.1 Sexualstörungen des Mannes

Impotenz des Mannes kann medikamentös (Betablockertherapie bei Hochdrucktherapie, Antidepressiva etc.), metabolisch (Alkohol), durch organische Erkrankungen (Polyneuropathie, Diabetes mellitus, Hypertonie) oder psychisch bedingt sein.

Erektionsschwäche

(Erektile Dysfunktion, Impotentia coeundi)
Erektionsschwäche bezeichnet die Unfähigkeit, eine für einen Geschlechtsverkehr ausreichende Erektion zu erlangen. Zu unterscheiden sind: die **primäre (psychogene)** und **sekundäre (organische)**, außerdem die **fakultative** Erektionsschwäche nur bei einer bestimmten Partnerin und die **obligate** Form bei allen Partnerinnen (bzw. Partnern). Die Ejakulation kommt nicht zustande, ist jedoch bei Selbstbefriedigung möglich. Epidemiologisch haben 1,5% aller Männer eine permanente erektile Dysfunktion. Nach Abklärung (und Behandlung) möglicher organischer Ursachen sollte die Therapie der 10-mal häufigeren psychischen Ursachen in Gesprächs- und Lerntherapie bestehen. Medikamentös: Phosphordiesterase-5-Inhibitoren (Sildenafil [Viagra®], Tadalafil [Cialis®], Vardenafil [Levitra®]).

Impotentia generandi

Infertilität, d.h. Zeugungsunfähigkeit. Der Geschlechtsverkehr selbst kann ohne Probleme durchgeführt werden.

Ejaculatio praecox/retarda

- Ejaculatio praecox bezeichnet die vorzeitige,
- Ejaculatio retarda (auch Ejaculatio deficiens) die verzögerte Ejakulation

Impotentia satisfactiones

Trotz Ejakulation wird kein Höhepunkt erreicht.

1.2 Sexualstörungen der Frau

Sexualstörungen der Frau können ebenfalls medikamentös (Pille), organisch (Kolpitis, Gravidität) oder psychogen(-dynamisch) bedingt sein, z.B. bei Non-akzeptanz der Frauenrolle.

Vaginismus

Beschreibt den Scheidenkrampf (der nicht zum mythischen Penis captivus führen kann).

Dyspareunie

Schmerzen beim Verkehr.

Alibidimie

Fehlendes sexuelles Verlangen.

(Gaby Zenker, Lindenstraße, Ende 1996 und 2004!)

Therapie: ggf. der organischen Ursache (z.B. Medikamentenwechsel). Psychotherapie, z.B. Verhaltenstherapie, Partnertherapie oder Psychoanalyse. Evtl. Partnerwechsel (siehe Gaby).

1.3 Abweichendes sexuelles Verhalten

Sexuelle Devianz

1.3.1 Exhibitionismus

Lustempfinden bei der Entblößung eigener Reproduktionsorgane in Gegenwart anderer; meist Männer mittleren Alters mit sexueller Selbstunsicherheit in heterosexuellen Kontakten.
Meist erreicht der Exhibitionist (sehr selten Frauen) seine Befriedigung schon durch das Zeigen seiner Genesismaschine selbst; sexuell aggressive Akte sind sehr ungewöhnlich; allenfalls kommt es zur Masturbation.

1.3.2 Fetischismus

Sexuelle Erregung entsteht durch das Betrachten oder Berühren bestimmter Gegenstände.

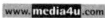

11.3.3 Transvestitismus

Neigung, Kleidung des anderen Geschlechts zu tragen, Transvestiten sind i.d.R. nicht homosexuell. Therapie nur bei Leidensdruck.

11.3.4 Transsexualismus

Störung der Identifizierung mit dem eigenen Geschlecht und das Bedürfnis, die Rolle des anderen Geschlechts anzunehmen. Es liegen meist keine Chromosomenaberrationen vor. Mann-zu-Frau-Transsexualismus (biologische Männer) 8-mal häufiger als umgekehrt.
Therapie: Psychotherapeutische Behandlung über 1–2 Jahre, Hormontherapie oder Operation (Voraussetzung: Alter > 21 Jahre, somatische und psychische Abklärung, Leben bereits in der angestrebten Geschlechtsrolle, gegenge-schlechtliche Hormonbehandlung).

11.3.5 Pädophilie

Im alten Griechenland akzeptiertes sexuelles Interesse an Kindern, heute strafbare sexuelle Handlung (§ 176 StGB).

Päderastie

Liebende und geschlechtliche Zuwendung zu Knaben unter 14 Jahren. Bei älteren, senilen Männern sollte eine dementielle Erkrankung ausgeschlossen werden.

11.3.6 Sadismus/Masochismus

Die Klinik und Anamnese sind charakteristisch:
• Masochist: "Bitte quäl mich!"
• Sadist: "Nein!"

1.4 Weiteres sexualtherapeutisches Vokabular

Terminologie
- Frotteurismus: Sexualbefriedigung durch Reiben der Geschlechtsteile in einer Menschenmenge.
- Inzest: Inzest steht nach § 173 StGB bei Personen über 18 Jahren unter Strafe.
- Nekrophilie: die Liebe zu Toten.
- Sodomie: die Liebe zu Tieren.
- Messalinismus: beschreibt den weiblichen Don Juan.
- Saliromanie: beschreibt die Neigung, den Partner mit Flüssigkeiten zu bespritzen.
- Voyeurismus, Skoptophilie: sexuelles Lustempfinden beim heimlichen Anblick von Unbekleideten oder beim Beobachten des Geschlechtsverkehrs anderer Menschen.

12. Suizidalität

12.1 Allgemeines

Die WHO-Schätzungen beziffern ca. 500.000 Suizidversuche p.a.,
bei ca. 12.000 Suiziden p.a. in Deutschland (zum Vergleich: Verkehrstote:
7.000 p.a.!). Das Verhältnis Suizid zu Suizidversuch liegt bei 1:15.

Suizidalität ist ein weites **Erlebens- und Verhaltensspektrum**, an dessen
einem Ende die vollzogene Suizidhandlung steht. Das Spektrum erstreckt sich
in etwa wie folgt:
Wunsch nach Ruhe – Wunsch nach Pause im Weiterleben – Tod wäre egal –
Wunsch, tot zu sein – unkonkrete Suizidgedanken – konkrete Suizidpläne –
Vorbereitungen – abgebrochener Suizidversuch – Suizidversuch – vollendeter
Suizid.
Diese Einteilung ist für diagnostische Zwecke nützlich. Der einzelne Patient
durchläuft keineswegs stets alle Stadien auf dem Weg zur Suizidhandlung;
raptusartig umgesetzte Suizidimpulse sind durchaus häufig!

12.2 Stadien suizidaler Entwicklung

(nach Pöldinger [1892])
* Erwägung (Selbstmord als Problemlösung)
* Ambivalenz (Hilferuf, direkte Suizidankündigung) (Patient unruhig, gequält
  hier therapeutischer Zugang besser möglich)
* Entschluss (evtl. plötzliche Ruhe nach dem gefassten Entschluss, die von der
  Umgebung als psychische Besserung und Rückgang der Suizidgefahr
  missverstanden werden kann!)

12.3 Risikofaktoren

Für Suizid sind dies vor allem psychiatrische Erkrankungen (Depression/bipo-
lar affektive Erkrankung, Schizophrenie, Suchterkrankungen [Alkohol, He-
roin], Persönlichkeitsstörungen [narzisstisch, antisozial, Borderline]) Alter
(höchste Suizidalitätsrate bei über 80-Jährigen!) sowie männliches
Ge-schlecht.

Ferner soziale Isolation, chronische körperliche Erkrankungen (Schmerzen!), Arbeitslosigkeit, mehrfache aktuelle Belastungen oder Kränkungen in der jüngeren Vergangenheit. Der individuell wichtigste Risikofaktor sind Suizidversuche in der Anamnese.

Bei den vollendeten Suiziden besteht ein Verhältnis Männer zu Frauen von 2:1, bei den Suizidversuchen ist das Verhältnis 1:2-3.

Der Suizid als extremste Form der Autoaggression kann in manchen Fällen als Bestrafungsversuch gedeutet werden. Der Suizidversuch kann appellativen Charakter an die Umwelt haben. Vor allem Suizide mit Waffen oder anderen brutalen Hilfsmitteln kommen bei Männer häufiger vor, Suizidversuche (zumeist mit Tabletten) unternehmen eher junge Frauen. Hinweise für die Umgebung sind Selbstmordphantasien, versteckte Äußerungen und sozialer Rückzug.

2.4 Terminologie zur Suizidalität

Terminologie
Ein **larvierter Suizid** wird nicht sofort als solcher erkannt, **protrahierter Suizid** beschreibt einen "Tod auf Raten", z.B. beim chronischen, bewussten Alkohol-, Drogen- oder Nikotinabusus. Beim **Mitnahmesuizid (erweiterter Suizid)** werden andere Personen in den Tod miteinbezogen; gemeinsamen Suizid verübten z.B. Heinrich von Kleist und Henriette Vogel. Massensuizide sind oft Sektenphänomene.
"Parasuizid" wird z.T. synonym zum Suizidversuch, z.T. als Selbstschädigung ohne eindeutige Selbsttötungsabsicht verstanden. Der **Bilanzsuizid** erfolgt in ausweglosen Lebenssituationen.

Das präsuizidale Syndrom nach Ringel (1969) soll dem Suizid vorausgehen. Es setzt sich zusammen aus:
* Einengung des Lebensbereichs (Isolation, sozial und psychisch)
* Aggressionshemmung nach außen bei innerer Autoaggression
* Todesphantasien (zunächst vage, mit zunehmender Einengung immer klarer)

MPP

12.5 Therapie

Suizidalität stets ansprechen. Patient fühlt sich hierdurch fast immer entlastet. Ein Großteil der Suizide wird vorher direkt oder indirekt angekündigt! Abklärung von Risikofaktoren (s.o.). Psychotherapeutische Krisenintervention (sofortiger Beginn; Chronifizierung vermeiden) mit engmaschigen Kontakten. Klare, eindeutige Absprachen (wann, wo nächster Kontakt?), konkretes 24-Stunden-Hilfsangebot (Telefonnummer von psychiatrischem Krisendienst, Rettungsstelle o.Ä.). Aufschub und Anti-Suizidpakt vereinbaren. Stationäre Einweisung, ggf. auch gerichtliche Unterbringung zum Selbstschutz. Konsequente, auch pharmakologische Behandlung der psychiatrischen Grunderkrankung. Bei akuter Suizidalität Benzodiazepine! Lithium hat eine eigenständige antisuizidale Wirkung (im Sinne einer anti-[auto-]-aggressiven Wirkung).

 Vor den Kapiteln Psycho- und Pharmakotherapie eine kurze Kaffeepause beim Drei-Säulen-Modell der psychiatrischen Behandlung.

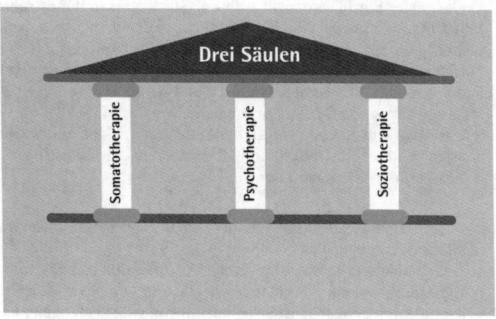

Somatotherapie umfasst die Pharmakotherapie und weitere Verfahren wie Lichttherapie, Schlafentzugstherapie, Elektrokrampftherapie.

13. Arzt-Patient-Beziehung und Psychotherapie

Psychotherapie ist ein interaktiver Prozess zwischen Therapeut und Patient, um mit verbalen und nonverbalen Mitteln psychische oder psychosomatische Störungen zu beheben oder zu lindern. Das in der Arzt-Patienten-Beziehung möglichst gemeinsam zu erarbeitende Ziel ist die Symptomminimierung bzw. die Strukturveränderung der Persönlichkeit des Patienten. Es gibt verschiedene Psychotherapieverfahren bzw. -schulen, die von z.T. unterschiedlichen Vorstellungen über die Genese psychischer Erkrankungen ausgehen. Die beiden wichtigsten (weil von den Krankenkassen finanziert und weit verbreitet) sind die verbal arbeitende **Psychoanalyse** (und die aus ihr abgeleitete **tiefenpsychologisch fundierte Psychotherapie**) und die handlungsorientierte **Verhaltenstherapie**. Die Entwicklung geht aber dahin, die verschiedenen Formen indikationsbezogen und auf den individuellen Patienten abgestimmt zu kombinieren und den alten, vorwiegend ideologisch geprägten Schulenstreit zu überwinden. Weitere wichtige Verfahren sind interpersonelle Psychotherapie, systemische Psychotherapie (z.B. Familientherapie), die verbal orientierte Gesprächstherapie, Entspannungsverfahren (autogenes Training, progressive Muskelentspannung, Hypnose) und körperorientierte Therapieverfahren (Bewegungstherapie).

3.1 Die verschiedenen Psychotherapieschulen

3.1.1 Psychoanalytische/psychodynamische Therapie

Psychoanalytisches Störungsmodell

Nach dem psychoanalytischen (psychodynamischen) Modell ist der Kern einer neurotischen Störung die Unvereinbarkeit zweier vitaler Interessen, also ein **Konflikt**. Kann ein solcher Triebkonflikt – nach Freud meist die Libido betreffend – nicht befriedigend gelöst werden, setzt der Patient unbewusst (!) in der Krankheitssymptomatik einen Teil des verdrängten Triebwunsches durch und erzielt so einen **primären Krankheitsgewinn** (endogener Vorteil). Der **sekundäre Krankheitsgewinn** beschreibt exogene Vorteile, die der Patient von seiner Außenwelt wegen der Krankheit bekommt, z.B. Rente, Zuneigung, Krankschreibung etc.

Hintergrund von Triebkonflikten ist zumeist der Widerspruch zwischen den Bestrebungen des **Es** (innere Repräsentanz unserer Triebe, z.B. Libido, orale Befriedigung: "Ich will den ganzen Kuchen alleine fressen.") und des **Über-Ich** (internalisierte soziale Normen; Gewissen: "Du musst den Kuchen mit allen gerecht teilen."), bei denen das **Ich** vermittelt (Drei-Instanzen-Lehre der Persönlichkeit n. Freud). Psychische (neurotische) Störungen können auch resultieren, wenn die jeweils alterstypischen Entwicklungsherausforderungen und Konflikte in den **kindlichen Entwicklungsphasen** (siehe Tabelle S. 107) nicht befriedigend gelöst wurden. Der Betroffene entwickelt dann eine unbewusste **Fixierung** auf dieser Entwicklungsstufe und den in ihr vorherrschenden Konflikt. Im Erwachsenenalter zeigt sich dies dann durch Symptome oder psychische Erkrankungen. Eine Störung der alterstypischen Entwicklung kann z.B. durch zu rigides elterliches Verhalten entstehen (z.B. Unterdrückung jeder Autonomiebestrebung in der analen Phase) oder durch ungünstige Entwicklungskonstellationen (wechselnde Bezugspersonen im 1. Lebensjahr erschweren die Entwicklung von Urvertrauen; Fehlen des gleichgeschlechtlichen Elternteils erschwert die Lösung des Ödipuskomplexes und die Identifikation mit dem eigenen Geschlecht etc.).

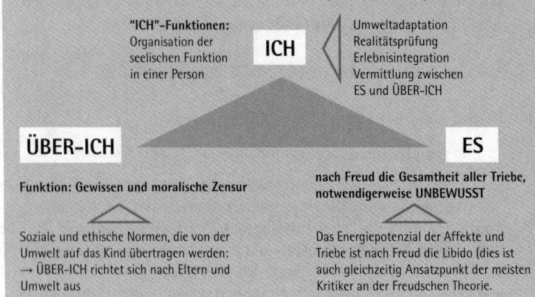

Durch die Konfrontation mit der Umwelt (Environment) entsteht das

"ICH"-Funktionen: Organisation der seelischen Funktion in einer Person

ICH

Umweltadaptation
Realitätsprüfung
Erlebnisintegration
Vermittlung zwischen ES und ÜBER-ICH

ÜBER-ICH

Funktion: Gewissen und moralische Zensur

Soziale und ethische Normen, die von der Umwelt auf das Kind übertragen werden: → ÜBER-ICH richtet sich nach Eltern und Umwelt aus

ES

nach Freud die Gesamtheit aller Triebe, notwendigerweise UNBEWUSST

Das Energiepotenzial der Affekte und Triebe ist nach Freud die Libido (dies ist auch gleichzeitig Ansatzpunkt der meisten Kritiker an der Freudschen Theorie.

Psychoanalytisches Modell der Entwicklungsphasen

Phase	Alter	Erleben
Orale Phase	1. Lj. (0–1 Jahr)	Wahrnehmung, Differenzierung von Selbst/Nichtselbst, Urvertrauen, Inbesitznahme der Welt mit dem Mund, Nahrungsaufnahme, "Fremdeln"/Trennungstoleranz, Frustrationstoleranz
Anale Phase	2. und 3. Lj.	Erlernen von Fremd- und Selbstbestimmung (Machtkämpfe mit den Eltern, "Trotzphase"), Entdeckung der Autonomie am Beispiel der Stuhl- und Harnausscheidung, Lustempfinden an Ausscheidungsorganen/-prozessen, Ordnung (Sauberkeit), Unordnung
Ödlpale[2] Phase (phallische Phase)	4.–6. Lj.	Entdecken der Geschlechterunterschiede, Lösung des Ödipuskomplexes: Kind identifiziert sich mit gleichgeschlechem Elternteil (und der eigenen Geschlechtsidentität); bei Komplikation = Ödipuskomplex[2]
Latenzphase	6.–10. Lj.	Weiterer Wissenserwerb, Ich-Weiterentwicklung
Genitale Phase	11.–16. Lj.	Autonomiebedürfnis, Entwicklung der reiferen Sexualität
Adoleszenz	17.–30. Lj.	Weiterentwicklung

[2] Freud bezog sich 1910 auf die griechische Mythologie, in der Ödipus "unwissentlich" den Vater ermordete und seine Mutter heiratete.

Nach Freud wirbt der Junge in der ödipalen Entwicklungsphase um die Mutter und hasst den als Konkurrenten angesehenen Vater (bei Mädchen andersherum). Das Kind muss - modern ausgedrückt- im Rahmen einer "Triangulierung" lernen, zwei oder mehrere Personen zu akzeptieren, ohne dass sie sich gegenseitig ausschließen. Beim positiven Ödipuskomplex entwickelt das Kind Eifersuchts- und Konkurrenzgefühle gegenüber dem gleichgeschlechtlichen Elternteil bei Zuneigung zum andersgeschlechtlichen Elternteil (negativer Ödipuskomplex = umgekehrt; Elektrakomplex = weiblicher Ödipuskomplex).

Abwehrmechanismen

Steht jemand einer Zielvorstellung ambivalent gegenüber, wird z.B. ein erfolgreiches Examen gewünscht, das Lernen dafür aber abgelehnt, liegt ein Appetenz-Aversions-Konflikt vor. Liegen gegensätzliche Bestrebungen vor, konkurrieren z.B. Anstrengung für Beruf und Hobby, dann liegt ein Appetenz-Appetenz-Konflikt vor. Es stehen verschiedene Abwehrmechanismen zur Verfügung, um mit solchen Konflikten umzugehen bzw. sie unbewusst zu halten. Abwehrmechanismen sind unverzichtbare psychische Strategien, um im Leben zurechtzukommen (wir verdrängen die Endlichkeit unseres eigenen Lebens), und nicht per se pathologisch. Man unterscheidet u.a.:

- Affektisolierung: Trennung des Affekts von der Vorstellung (Weinen bei anderer Gelegenheit).
- Delegation: Unbewusste Wünsche (der Eltern) werden an andere (ihre Wunderkinder) weitergegeben: "Penelope-Star soll mal Ärztin werden", "Noah-McGyver-Noel wird einmal Forscher werden", "Lou-Salome ist talentiert und wird Dichterin".
- Identifikation: Attribute eines anderen werden ins eigene Ich übernommen ("Ich bin wie Clint Eastwood").
- Introjektion: Wie Identifikation, betrifft aber viele Attribute (z.B. Verinnerlichung des Vaterbildes zur Lösung des Ödipuskomplexes).
- Konversion: Unakzeptable Impulse werden in körperliche Symbole umgesetzt (Waschzwang bei Versündigungsgedanken).
- Kollusion: "unbewusstes" Zusammenspiel in Partnerbeziehungen. Die Partnerwahl wird von unbewältigten, existentiellen Grundkonflikten bestimmt – Gegensätze ziehen sich an.
- Projektion: Eigene Impulse und Vorstellungen werden auf andere projiziert (man sieht den Splitter im Auge des anderen, aber den Balken im eigenen bemerkt man nicht).
- Rationalisierung: intellektualisierte Scheinbegründung (Fuchs über die zu hoch hängenden Trauben: "Sie waren sowieso sauer.").
- Reaktionsbildung: Wendung des Impulses ins Gegenteil (Feindlichkeit zu Freundlichkeit).
- Regression: Rückzug auf eine frühere Entwicklungsvorstufe.
- Ungeschehenmachen: Unbewusste oder bewusste Schuldgefühle sollen durch magische Handlungen (z.B. Zwangssymptome) aufgehoben werden
- Verdrängung: Nach Freud wird der Triebanspruch ins Unbewusste verdrängt, bleibt dort aber wirksam. Gegen das Wiederbewusstwerden besteht ein

Widerstand; die Psychoanalyse versucht, diesen Widerstand zu überwinden.

- Verleugnung: Unangenehmes wird geleugnet ("hatte nie sexuelle Appetenz für meine Mutter").
- Verschiebung: Ein Triebziel wird durch ein ähnliches, eher harmloseres oder sozial akzeptierteres ersetzt (Sexmonster wird Bibliothekar). Auch Sublimierung genannt, z.B. bei kultureller Leistung (Künstler!).
- Vermeidung: sich an den Schreibtisch zu setzen ...

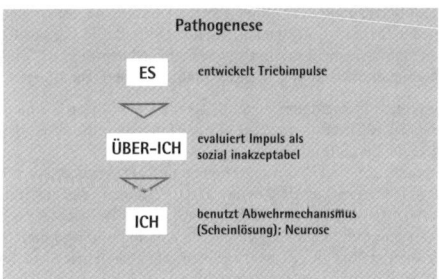

Pathogenese

ES	entwickelt Triebimpulse
ÜBER-ICH	evaluiert Impuls als sozial inakzeptabel
ICH	benutzt Abwehrmechanismus (Scheinlösung); Neurose

Psychoanalytische Therapie, Psychoanalyse

Von Sigmund Freud (1856–1939) begründet. Ziel der Psychoanalyse ist es, unbewusste Konflikte bewusst zu machen und diese in der Psychotherapie "durchzuarbeiten". Der Bewusstwerdung wird bei konflikthafter neurotischer Verarbeitung aber ein Widerstand entgegengesetzt. Therapeutische Mittel, um an Inhalte des Unbewussten heranzukommen, sind die **freie Assoziation** (Patient wird in der Psychoanalyse aufgefordert, dem spontanen Gedankenfluss freien Lauf zu lassen, gefördert durch die liegende Position des Patienten ohne Sichtkontakt zum Therapeuten) und die Interpretation von Träumen und "Freudschen" Fehlleistungen (z.B. Versprechen, die nach Freud Ausdruck von verdrängten Triebwünschen sind). Der Patient entwickelt zum Therapeuten eine **Übertragung** (erleichtert, da Therapeut nicht sichtbar hinter der Couch sitzt), d.h., er erlebt den Therapeuten emotional wie eine früher wichtige Bezugsperson (Vater oder Mutter).

Zugleich bildet sich eine **Regression** aus (durch die liegende Position des Pat. gefördert), d.h., der Pat. begibt sich während der Therapiestunde in seinem inneren Erleben zurück in frühere (kindliche) Lebensabschnitte. Beides, Übertragung und Regression, sind therapeutisch gewünscht, bieten sie doch die einmalige Chance, frühere ungünstige Beziehungsmuster und Erlebnisse noch einmal neu zu durchleben und zu einem (innerlich) befriedigenderen Ausgang zu führen.

Als **Gegenübertragung** bezeichnet man die Emotionen (positive und negative), die der Therapeut für den Patienten entwickelt. Der Therapeut muss sie erkennen, damit sie nicht ungünstig die Therapie beeinflussen. Außerdem liefert die Gegenübertragung wichtige diagnostische Erkenntnisse.

Voraussetzung für eine derartige aufdeckende Psychotherapie sind Introspektionsfähigkeit, Motivation und eine gewisse Intelligenz des Patienten (kommt also bei kindlichen Störungen nicht in Frage).
Therapieindikation sind Neurosen (Phobien und andere Angsterkrankungen, neurotisch/lebensgeschichtlich bedingte Depressionen), Zwangsstörungen. (Der Zwangsneurose liegt eine Fixierung auf die anale Phase zugrunde, da viele Zwänge der Verminderung von Beschmutzung und Unordnung [Waschzwang] dienen. Als Abwehrmechanismus stehen hier Affektisolierung, Reaktionsbildung und das Ungeschehenmachen im Vordergrund.)

Eine klassische Psychoanalyse findet mehrmals pro Woche für jeweils 50 Minuten in dem bereits erwähnten **Setting** (Patient liegt auf Couch, Therapeut sitzt hinter dem Kopfende) statt und ist i.d.R. auf mehrere hundert Stunden angelegt. Wichtig hierbei ist ebenfalls die **Abstinenzregel**, mit der sich der Patient verpflichtet, keine andere Therapie begleitend zu machen, der Therapeut unterhält keine Kontakte zum Patienten oder dessen Angehörigen außerhalb der Therapie und enthält sich eigener emotionaler oder Meinungsäußerungen.
Freuds Schüler entwickelten die Psychoanalyse weiter:
Heute weit verbreitet ist die **tiefenpsychologisch-fundierte Psychotherapie**. Sie ist kürzer (z.B. 80 Stunden), die Sitzungen finden nur ein- oder zweimal in der Woche statt. Patient und Therapeut sitzen sich gegenüber und konzentrieren sich stärker auf aktuelle Konflikte und Probleme des Patienten
Alfred Adlers Individualpsychologie sieht Neurosen vor allem aus der Überforderung durch die Umwelt begründet. Die Analytische Psychologie C. G. Jungs erweitert Freuds Libidokonzept.

Frankls Existenzanalyse beinhaltet anthropologisch-philosophische Elemente. Die Neopsychoanalyse versucht, Erkenntnisse Freuds, Jungs und Adlers zu verknüpfen.
Die Analytische Fokaltherapie nach Malan fokussiert nur einen Punkt bzw. Erlebniskomplex. Analytische Therapien sind auch in Form von Gruppen- oder Familientherapien möglich.

3.1.2 Verhaltenstherapie

Lerntheoretisches/verhaltenstherapeutisches Störungsmodell

Die der Verhaltenstherapie zugrunde liegende Lerntheorie betrachtet psychische Störungen als fehlerhaft bzw. nicht erlernte Verhaltensweisen. Symptome können hiernach also auch wieder "verlernt" werden.
Klassisches Konditionieren: Tritt ein unbedingter Reiz lange genug mit einem bedingten Reiz zusammen auf, dann tritt die Reaktion auch bei Weglassen des unbedingten Reizes auf. (Pawlowscher Hund: Nach gemeinsamem Präsentieren von Glockenklang und Fressen genügte schließlich schon die Glocke, um den Speichelfluss anzuregen.)
Operantes Konditionieren: Lernen an den Konsequenzen (Erfolg, Belohnung oder Bestrafung).
Aus der Lerntheorie folgt als Therapiemethode das Anwenden von Konditionierungsmaßnahmen.

Verhaltenstherapeutische Behandlung

Die Verhaltenstherapie beruht auf lerntheoretischen Axiomen (s.o.). Der Therapeut versucht, durch Neukonditionierung akzeptable und befriedigende Verhaltensweisen zu erreichen. Die Verhaltenstherapie hat sich z.B. bei Phobien bewährt. Hier lernt der Patient, den angstauslösenden Reiz zu tolerieren (s.a. Phobien, siehe S. 68). Gelegentlich bedient man sich hier des **Floodings** (Reizüberflutung: das Aushalten des Maximalreizes. z.B. Bungee Jumping bei Höhenphobie soll die Störung kurieren – umstritten). Üblicher ist die schrittweise Exposition, z.B. im Rahmen einer **Angsthierarchie**. Hierdurch tritt eine Gewöhnung bzw. **Desensibilisierung** ein. (Bei Arachnophobia = Spinnenphobie wird mit dem Patienten zuerst über eine Spinne gesprochen, ihm dann eine Abbildung gezeigt, dann eine lebende Spinne in gewisser Entfernung präsentiert, zuletzt wird sie ihm auf die Hand gesetzt ...).

Eine weitere Möglichkeit ist die **operante Konditionierung**, bei der gewünschte Verhaltensweisen belohnt werden. Bei der früher angewendeten **Aversionstherapie** koppelt man z.B. bei Sexualtätern unerwünschtes Verhalten mit Aversionsreizen (s. "Clockwork Orange"). Bei sozialen Schwierigkeiten Selbstsicherheitstraining im Rahmen einer Gruppentherapie und in Form von Rollenspielen.

13.1.3 Kognitive Therapie

Eine spezielle Form der Verhaltenstherapie speziell zur Depressionsbehandlung, welche zum Bewusstwerden und Abbau von krankmachenden, depressiv-negativen Sichtweisen und automatischen Gedanken des Patienten führt (kognitive Triade der Depression nach A. Beck: negatives Selbstbild, subjektive Überforderung, negative Zukunftsängste).

13.2 Weitere Therapieformen

13.2.1 Imaginationsverfahren

Katathymes Bilderleben nach Leuner: Hier soll sich der Patient mit geschlossenen Augen Bilder vorstellen und diese ausarbeiten ("Tagträumen").

13.2.2 Humanistische Verfahren

Klientzentrierte Gesprächstherapie nach Rogers

Sie entwickelte sich in den 1950er Jahren in psychologischen Praxen und beschreibt eine auf den Menschen und nicht auf die Krankheit bezogene Gesprächstherapie. Diese Therapieform geht davon aus, dass jeder Mensch einen Selbsterhaltungstrieb hat, der sich durch die Therapie entfalten kann. Grundvoraussetzung für den Therapeuten ist hier Empathie, Kongruenz (= Echtheit), Akzeptanz des Patienten sowie Eloquenz und Verbalisierungsfähigkeit, da er hier den Patientenkonflikt reproduzieren muss.

Psychodrama nach Moreno

Gruppentherapie, in der die Patienten konfliktbesetzte Alltagssituationen schauspielerisch darstellen.

3.2.3 Relaxationsverfahren

Progressive Muskelrelaxation nach Jacobsen. Der Patient lernt, durch gezieltes Anspannen und Lockerlassen aller Muskelgruppen Entspannung zu erzielen.

3.2.4 Hypnoseverfahren

Hypnose

Der Therapeut induziert eine Trance (entspannter, leicht bewusstseinsveränderter Zustand), in dem bestimmte therapeutische Suggestionen eingegeben werden können ("Dein Kopfschmerz entweicht aus deinen Schläfen ...").

Autogenes Training

Der Patient lernt selbst, sich in einen heilsamen Entspannungszustand (der Trance in der Hypnose ähnlich) zu versetzen. Erfordert konsequentes Üben (autogenes Training!).

IMPP-spezial: Bei psychovegetativen Störungen (also mehreren Symptomen wie Erschöpfung, innere Anspannung etc.) ist autogenes Training das Mittel der Wahl (in memoriam Johannes M. Schultz, 1920: "Das autogene Training").

Die progressive Muskelrelaxation nach Jacobsen, autogenes Training und die gestufte Aktivhypnose gehören zu den nichtaufdeckenden psychotherapeutischen Methoden.

14. Psychopharmakotherapie

Pharmakotherapie

Antidepressiva
antidepressiv, z.T. anticholinerg, z.T. sedierend

Tranquilizer und Hypnotika
anxiolytisch, sedierend, antikonvulsiv, muskelrelaxierend

Lithium und andere Phasenprophylaktika
antimanisch, Phasenprophylaxe bei rezidivierenden affektiven Erkrankungen, als Lithiumaugmentation antidepressiv

Weitere Psychopharmaka
(Cyproteron, Disulfiram, Acamprosat, Naltrexon, Methadon, Methylphenidat)

Neuroleptika
(typische/atypische; hochpotente/niedrigpotente)
antipsychotisch, extrapyramidal-motorische Störungen

4.1 Allgemeines

Als Psychopharmaka werden psychotrope Medikamente bezeichnet, die krankhafte Veränderungen des Erlebens und Verhaltens günstig beeinflussen und sich bei der Behandlung psychischer Störungen bewährt haben. Verbreitete, aber falsche Vorstellungen von Psychopharmaka sind, dass diese grundsätzlich abhängig machen, dass sie die Persönlichkeit verändern (dies ist zum Glück kaum möglich!) und dass sie gar nicht gegeben werden sollten, da psychiatrische Krankheiten ausschließlich konfliktbedingt und daher psychotherapeutisch zu behandeln sind. (Warum sollte ausgerechnet unser kompliziertestes Organ – das Gehirn – nicht auch organische Fehlfunktionen haben können?)

So beantragte die Bezirksfraktion der Grünen in Oberbayern Anfang der 1980er Jahre, Neuroleptika wegen der "persönlichkeitszerstörenden Wirkung" zu verbieten. Jedoch hat sich die stationäre Behandlungsdauer seit der Einführung der Neuroleptika von durchschnittlich 3 Jahren auf 3 Monate (und in der letzten Zeit noch sehr viel weniger) bzw. die Anzahl der stationären Patienten von 75% auf 25% verringert.

Nach Wirkungsweise und Indikationen lassen sich die Psychopharmaka in verschiedene Gruppen einteilen.

4.2 Neuroleptika (Antipsychotika)

Neuroleptika (NL) wirken als einzige Medikamentengruppe **antipsychotisch**, d.h., sie verringern oder beseitigen Symptome wie Halluzinationen, Wahn, Ich-Störungen oder katatone Symptome. Auch können sie eine **sedierende** und **psychomotorisch dämpfende** Wirkung habe. NL machen **nicht** abhängig.
Damit ergeben sich die Hauptindikationen, die schizophrenen und die affektiven Psychosen:
Schizophrenie (hier auch positive Effekte auf die formalen Denkstörungen); Manie (insbesondere wenn wahnhaft), wahnhafte Depression.
Neuroleptika werden unterteilt in
- **hochpotente** und **niedrigpotente** NL sowie
- **typische** und **atypische** NL.

Die **hochpotenten Neuroleptika** wirken stark antipsychotisch, aber kaum sedierend, die **niedrigpotenten Neuroleptika** wirken schwach antipsychotisch, aber stark sedierend und stellen daher eine Alternative zu Benzodiazepinen (mit dem Vorteil, nicht abhängig zu machen) dar.

Niedrigpotente Neuroleptika	Neuroleptische/ antipsychot. Potenz	Sedierende/ vegetative Wirkung
Promethazin (Atosil®)	↓	↑
Levomepromazin (Neurocil®)	↓	↑
Melperon (Eunerpan®)	↓	↑
Pipamperon (Dipiperon®)	↓	↑
Chlorprothixen (Truxal®)	↓	↑
Hochpotente Neuroleptika		
Haloperidol (Haldol®)	↑	↓
Fluphenazin (Lyogen®, Dapotum®)	↑	↓
Flupentixol (Fluanxol®)	↑	↓
Benperidol (Glianimon®)	↑	↓
Pimozid (Orap®)	↑	↓
Fluspirilen (Imap®) (zur i.m. Injektion)	↑	↓

Ein mittelpotentes Neuroleptikum ist Perazin (Taxilan®). Einige hochpotente NL stehen auch als mehrwöchig wirkende Depotformen zur i.m. Injektion zur Verfügung.

Neuroleptika (Antipsychotika) 117

Die o.g. Neuroleptika (zumindest die hochpotenten) werden auch als typisch (klassisch oder konventionell) bezeichnet und von den atypischen Neuroleptika abgegrenzt. Die typischen sind die älteren und werden so genannt, weil sie die für NL charakteristischen Nebenwirkungen (NW) auf das extrapyramidal-motorische System (EPS) hervorrufen können. Diese sollte man kennen:

Extrapyramidal-motorische NW typischer Neuroleptika

Nebenwirkung	Symptomatik	Gegenmaßnahmen
Parkinsonoid (Neuroleptika sind dopaminantagonistische Medikamente!)	Rigor, Tremor, Akinese	Dosisreduktion, Biperiden (Akineton®, ein Anti-Parkinson-Mittel [Anticholinergikum]), Umsetzen auf atypisches NL
Frühdyskinesie (tritt in den ersten Tagen der Behandlung auf)	Muskulärer Krampf von Zunge, Schlund, Augen (Blepharospasmen); Oku-logyrie [krampfhafter Blick nach schräg oben]), Hals (Torticollis)	Biperiden (s.o.) p.o. oder i.v.; Dosisreduktion; Patienten beruhigen (harmlos, aber ängstigend)
Akathisie	Sitz- und Stehunruhe: die Beine müssen beständig trippelnd bewegt werden	Dosisreduktion, Umsetzen auf atypisches NL
Spätdyskinesie (tritt nach mehrmonatiger oder -jähriger Behandlung auf)	Unwillkürliche Mümmel-bewegungen von Zunge und Mund	Kaum behandelbar, bleibt oft auch nach Absetzen bestehen (!); Versuch, auf atypisches NL umzusetzen. Spätdyskinesien sind zwar funktionell harmlos und schmerzlos, aber sozial stigmatisierend und daher gefürchtet!

Atypische Neuroleptika weisen diese motorischen NW nicht oder kaum auf.

Zudem sollen sie in begrenztem Umfang bei der Schizophrenie auch gegen die Negativsymptome (Antriebs- und Affektstörungen) wirken. Sie haben allerdings andere bedeutsame NW.

Atypische Neuroleptika	
Clozapin (Leponex®)	Olanzapin (Zyprexa®)
Risperidon (Risperdal®)	Quetiapin (Seroquel®)
Amisulprid (Solian®)	Aripiprazol (Abilify®)
Ziprasidon (Zeldox®)	

Clozapin (Leponex®) ist der klassische (schon seit den 1970er Jahren eingesetzte) Vertreter der atypischen NL. Es ist hervorragend antipsychotisch wirksam, auch wenn typische NL nicht mehr wirken. Alle NL haben ein gewisses **Leukopenie- und Agranulozytoserisiko**, das bei Clozapin aber besonders hoch ist (Gefahr potentiell lebensbedrohlicher Infektionen!). Daher darf Clozapin nur eingesetzt werden, wenn andere NL ungeeignet waren und wenn regelmäßige Blutbildkontrollen durchgeführt werden (in den ersten 18 Wochen 1x/Woche, danach 1x/Monat).

Häufige NW vor allem auch atypischer NL sind Sedierung, Gewichtszunahme (z.T. in exzessivem Ausmaß!), Förderung einer diabetischen Stoffwechsellage, Verlängerung des QT-Intervalls im EKG mit der Gefahr gefährlicher Torsade-de-Pointes-Arrhythmien/Hyperprolaktinämie mit konsekutiver Gallaktorrho.

Sehr seltene, aber gefürchtete Neuroleptika-NW:
malignes neuroleptisches Syndrom mit Hyperthermie, Blutdruckschwankungen, Tachykardien/Tachypnoe, Parkinsonoid, Dyskinesien, Leukozytose, Kreatinin-, Leberenzymerhöhung, Bewusstseinsstörungen, Koma, Tod. Zumeist innerhalb von 2 Wochen einer hochdosierten NL-Therapie. Therapie: NL sofort absetzen! Dantamacrin (Dantrolen®) als Antidot.

NL sind Dopaminantagonisten! Der Wirkungsmechanismus liegt vor allem in der Blockade von Dopamin-, insbesondere von Dopamin-2-Rezeptoren. Daher auch die parkinsonoiden NW (M. Parkinson = Dopaminmangel-Krankheit; Überdosierung von Parkinson-Medikamenten führt zu psychotischen Symptomen!).

Antiemetika sind zumeist abgeschwächte NL, da die Dopaminblockade den Brechreiz hemmt (Frühdyskinesien unter Antiemetika kommen vor!).
Ferner beeinflussen viele NL aber weitere Neurotransmitter-Rezeptoren, insbesondere Serotonin-, Histamin-, α-adrenerge und M-Acetylcholinrezeptoren. Viele der unerwünschten Wirkungen sind hierdurch zu erklären (jedoch auch ein Teil der erwünschten Wirkungen!). Zu betonen sind die anticholinergen Wirkungen (Acetylcholinrezeptorblockade) wie Schwitzen, Mundtrockenheit, Obstipation und Miktionsstörungen und die antiadrenergen Effekte (orthostatische Dysregulation).

14.3 Antidepressiva

Antidepressiva (AD) wurden früher nur bei (endogenen) Depressionen (lat. depressum = niedergeschlagen), werden heute jedoch auch bei Angststörungen inklusive Phobien und Panikstörungen, bei Ess- und Zwangsstörungen und chronischen Schmerzzuständen eingesetzt.

In Deutschland sind über 30 Wirkstoffe als AD zugelassen. Um eine Übersicht zu behalten, werden die AD nach ihrer chemischen Struktur bzw. nach ihrer neurochemischen Wirkung eingeteilt in u.a.

- Tri- und tetrazyklische AD, MAO-Hemmer (Monoaminooxidase-Hemmer), SSRI (Selektive Serotonin-Wiederaufnahmehemmer [-Reuptake-Inhibitoren]), NARI (Selektive Noradrenalin-Wiederaufnahmehemmer), SNRI (Selektive Serotonin- und Noradrenalin-Wiederaufnahmehemmer) und weitere AD

Trotz dieser Vielzahl von Gruppen ist es erstaunlich, wie viele klinische Gemeinsamkeiten alle Antidepressiva haben:
- Wirklatenz von ca. 2–3 Wochen bis zum Eintritt der antidepressiven Wirkung (nur die NW sind sofort da ...).
- AD müssen also mindestens 3 Wochen lang regelmäßig genommen werden, bis der Effekt beurteilbar ist. Im Fall der Wirkung muss die Einnahme für mindestens 6 Monate (sog. **Erhaltungstherapiezeitraum**) in unveränderter Dosierung fortgeführt werden, damit es nicht zu einem Frührezidiv kommt.
- Etwa 1/3 der Patienten spricht nicht auf einen Behandlungsversuch an (Non-Responder-Quote) (und bei ca. einem weiteren Drittel kommt es lediglich zu einer Teilresponse); hier lohnt aber ggf. ein Behandlungsversuch mit einem weiteren AD

- Keine Abhängigkeitentwicklung.
- Alle AD erhöhen die Serotonin- und/oder Noradrenalinkonzentration im synaptischen Spalt (Unterscheidung lediglich darin, wie sie diese Erhöhung erzielen).

Aus dem letztgenannten gemeinsamen neurochemischen Effekt leitete man ab, dass eine Depression vermutlich mit einem (relativen/funktionellen) Mangel an biogenen Aminen (Noradrenalin, Serotonin, evtl. auch Dopamin) einhergeht. Das in der Laienpresse auch als "Glückshormon" bezeichnete Serotonin wirkt anxiolytisch, d.h. angstlösend, während Noradrenalin psychomotorisch aktivierend wirkt.

Der Schweizer Psychiater Kuhn entdeckte 1957 die antidepressive Wirkung des Trizyklikums Imipramin. Die Trizyklischen AD bestehen biochemisch aus einem Dreierringsystem, deren antidepressive Wirkung um so intensiver ist, je geringer die Winkel in dem trizyklischen Ringsystem sind. Die Tetrazyklischen zeichnen sich dementsprechend durch ein Vierringsystem aus. Ebenfalls im Jahre 1957 berichteten die Amerikaner Loomer, Saunders und Kline über die antidepressive Wirkung des Monoaminooxidase-(MAO-)Hemmers Iproniazid, das eigentlich als Tuberkulostatikum entwickelt worden war.

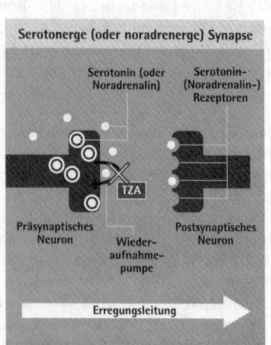

Serotonerge (oder noradrenerge) Synapse

Serotonin (oder Noradrenalin)

Serotonin- (Noradrenalin-) Rezeptoren

TZA

Präsynaptisches Neuron

Wiederaufnahmepumpe

Postsynaptisches Neuron

Erregungsleitung

14.3.1 Trizyklische und tetrazyklische Antidepressiva

Sie erzielen die Erhöhung der Serotonin- und Noradrenalinkonzentration im synaptischen Spalt durch eine Hemmung der Wiederaufnahmepumpe.

Wenn aufgrund einer neuronalen Erregung der Neurotransmitter (Serotonin oder Noradrenalin) zur Weiterleitung des Reizes in den synaptischen Spalt ausgeschüttet wurde, muss er von dort auch wieder verschwinden, damit es nicht zu einer Dauererregung des postsynaptischen Neurons kommt. Ein wichtiger Weg hierfür ist die präsynaptisch lokalisierte Wiederaufnahme-pumpe, die den Neurotransmitter in das präsynaptische Neuron zurückbe-fördert, wo er im Sinne eines Recyclings zur erneuten Verwendung zur Verfügung steht. Wird diese Pumpe gehemmt, erhöht sich die Neurotrans-mitterkonzentration im synaptischen Spalt.

Einige Präparate (es gibt noch mehr):

Trizyklische AD	Handelsname (Bsp.)
Amitriptylin	Saroten®
Clomipramin	Anafranil®
Desipramin	Pertofran®
Doxepin	Aponal®, Sinquan®
Imipramin	Tofranil®, Pryleugan®
Nortriptylin	Nortrilen®
Trimipramin	Stangyl®, Herphonal®
Tetrazyklisches AD	
Maprotilin	Ludiomil®, Deprilept®

Trizyklische AD (TZA) und tetrazyklische AD sind aber **nichtselektiv**, d.h., sie beeinflussen eine Reihe weiterer wichtiger zentralnervöser Neurotransmitter, was man hauptsächlich mit ihren typischen NW in Verbindung bringt (daher war die Entwicklung **selektiver** AD ab Beginn der 1990er Jahre vor allem ein Fortschritt bezüglich der Verträglichkeit).

Wirkungen und Nebenwirkungen tri- und tetrazyklischer AD

Neurotransmitter	Klinische Wirkung
Erwünschte Hauptwirkung	
Serotonin und Noradrenalin: Hemmung der Wiederauf- nahmepumpe	Antidepressiver Effekt
Nebenwirkungen	
Acetylcholin: Blockade der muskarinergen Rezeptoren	Mundtrockenheit, Obstipation (leicht zu merken: Acetylcholin ist der parasympa- thische Neurotransmitter; seine Blockade führt dementsprechend zu parasym- patholytischen = Anti-Verdauungseffek- ten), Akkommodationsstörungen, Harnverhalt, Erhöhung des Augeninnen- drucks, anticholinerges Delir
Histamin: Rezeptorblockade	Müdigkeit und Gewichtszunahme
Noradrenalin: Blockade α-adrenerger Rezeptoren	Dysorthostase (Noradrenalin = wichtigster sympathischer Neurotransmitter!)
Dopamin: Rezeptorblockade	Gelegentlich extrapyramidal-motorische NW (siehe S. 115)

Außerdem können TZA Herzrhythmusstörungen auslösen (chinidinartiger Effekt).

14.3.2 MAO-Hemmer

- Tranylcypromin (Jatrosom N®): irreversibel, hemmt MAO-A und -B
- Moclobemid (Aurorix®): reversibel, nur MAO-A

MAO-(Monoaminooxidase-)Hemmer bewirken die Erhöhung der Serotonin- und Noradrenalinkonzentration im synaptischen Spalt durch die Hemmung der präsynaptisch lokalisierten MAO, die beide Neurotransmitter (aber z.B. auch Dopamin und Adrenalin) abbaut. (Sind präsynaptisch mehr Neurotransmitter vorhanden, kann mehr ausgeschüttet werden.)

Der alte **irreversible** MAO-Hemmer Tranylcypromin (Jatrosom N®) spielt heute aufgrund seiner besonders hohen Effektivität eine Rolle in der Behandlung von **therapieresistenten Depressionen**.

Irreversibel bedeutet, dass nach einem Absetzen des Medikaments die MAO erst neu synthetisiert werden muss, bis die Pharmakawirkung sistiert (ca. 2 Wochen). Bei einer Tranylcyprominbehandlung muss der Patient strikt eine **tyraminarme** Diät einhalten – Meiden u.a. von reifem Käse, eingelegtem/ mariniertem Fisch und Fleisch, Chianti-Rotwein, Avocados, dicke Bohnen –, da die Aminosäure Tyramin katecholaminerge Wirkungen (= wie Nor-/Adrenalin) hat und normalerweise nach der Aufnahme mit der Nahrung im Rahmen des First-pass-Effekts in der Leber abgebaut wird. Dies jedoch durch die MAO, die durch Tranylcypromin aber gehemmt ist! Bei Missachtung der Diät drohen daher gefährliche Bluthochdruckkrisen. Ansonsten ist Tranylcypromin gut verträglich.

Der **reversible** MAO-Hemmer Moclobemid (Aurorix®) hemmt selektiv nur die MAO-A, weshalb keine Diät eingehalten werden muss (die MAO-B kann weiterhin Tyramin abbauen). Er hat allerdings nicht die gleiche Effektivität bei therapieresistenten Depressionen wie Tranylcypromin.

14.3.3 SSRI (Selektive Serotonin-Wiederaufnahmehemmer)

Sie hemmen wie die TZA die Serotonin- (aber nicht die Noradrenalin-)Wiederaufnahmepumpe. Da sie andere Neurotransmitter im Wesentlichen unbeeinflusst lassen ("selektiv"), sind sie besser verträglich. Ihre NW sind direkt durch die Serotoninverstärkung bedingt: Übelkeit, evtl. dadurch Gewichtsabnahme sowie sexuelle Störungen.

SSRIs	
Wirkstoff	**Handelsname (Bsp.)**
Fluoxetin	Fluctin (in den USA: Prozac)
Fluvoxamin	Fevarin
Citalopram	Cipralex
Sertralin	Gladem, Zoloft
Paroxetin	Seroxat, Tagonis
Escitalopram	Cipralex

Gerade Fluoxetin (Fluctin®) erfreute sich in den USA unter dem Namen "Prozac" großer Beliebtheit; auch bei Schülern mit Konzentrationsschwäche oder "undisziplinierten Hausfrauen". Letztere greifen bei diesem Psychopharmakon auch deshalb gerne zu, da es bei Prozac zu keiner Zunahme des Körpergewichts kommt. Kürzlich warnte die FDA (Food and Drug Administration; US-Zulassungsbehörde) allerdings vor einem Einsatz bei Teenagern, da es insbesondere durch die SSRI zu erhöhten Suizidraten in dieser Altersgruppe gekommen sein soll.

14.3.4 NARI (Selektive Noradrenalin-Wiederaufnahmehemmer)

Das einzige Antidepressivum, dass weitgehend selektiv die Noradrenalin-Wiederaufnahmepumpe hemmt, ist Reboxetin (Edronax®, Solvex®). NW sind durch die Noradrenalinverstärkung bedingt: Mundtrockenheit, Obstipation, Schwitzen, Unruhe, Tremor, Tachykardie.

14.3.5 SNRI (Selektive Serotonin- und Noradrenalin-Wiederaufnahmehemmer)

SNRI hemmen selektiv die Serotonin- und Noradrenalin-Wiederaufnahmepumpe. Ihre NW entsprechen denen der SSRIs und NARIs. Es gibt z.Z.:

- Venlafaxin (Trevilor®)
- Duloxetin (Cymbalta®)

14.3.6 Weitere Antidepressiva

In Deutschland weit verbreitet ist Mirtazapin (z.B. Remergil®; auch unpraktischerweise einer eigenen Gruppe zugeordnet: Noradrenerg und spezifisch serotonerg wirkende Antidepressiva, NaSSA), das sich eines weiteren Mechanimus zur Erhöhung der Serotonin- und Noradrenalinkonzentration im synaptischen Spalt bedient: Es blockt, wie auch das AD Mianserin (Tolvin®), den präsynaptischen Autorezeptor, der im Sinne einer negativen Rückkoppelung die weitere Ausschüttung der Neurotransmitter bremst, wenn bereits viel Neurotransmitter im synaptischen Spalt ist.

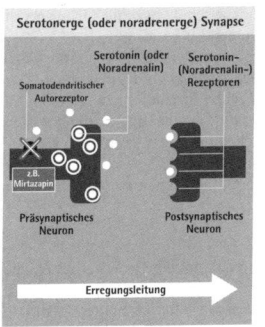

Serotonerge (oder noradrenerge) Synapse

Serotonin (oder Noradrenalin)

Somatodendritischer Autorezeptor

Serotonin- (Noradrenalin-) Rezeptoren

z.B. Mirtazapin

Präsynaptisches Neuron

Postsynaptisches Neuron

Erregungsleitung

Haupt-NW von Mirtazapin und Mianserin: Müdigkeit, da auch histaminrezeptorblockierend (bei Schlafstörungen im Rahmen der Depression z.T. erwünscht).

14.3.7 Johanniskraut

Johanniskraut (lat. Hypericum perforatum, Hauptwirkstoffe: Hypericin und Hyperforin) ist ein schwach wirksames, weit verbreitetes pflanzliches AD. Entgegen der landläufigen Meinung (natürlich gewachsen = ungefährlich [wie der Knollenblätterpilz belegt]), hat Johanniskraut auch Nebenwirkungen, z.B. Erhöhung der Lichtempfindlichkeit der Haut und z.T. gefährliche Wechselwirkungen, z.B. Abschwächung der Wirkung von Cumarinen, Digoxin, Cyclosporin und Theophyllin.

Die Wirkstoffkonzentration in den Präparaten ist oft nicht ausreichend standardisiert; viele der unzähligen Präparate sind zudem erheblich unterdosiert.

14.4 Phasenprophylaktika (Lithium u.a.)

Phasenprophylaktika (Stimmungsstabilisierer) dienen der Rückfallprophylaxe bei unipolaren Depressionen oder bipolar affektiven (manisch-depressiven) Erkrankungen. Sie sollen das Auftreten neuer Krankheitsphasen verhindern oder zumindest den weiteren Krankheitsverlauf abschwächen (Phasen seltener, kürzer oder nicht mehr so schwer). Auch bei schizoaffektiven Erkrankungen können sie zur Rückfallprophylaxe verwandt werden. Phasenprophylaktika machen nicht abhängig.

- Lithium: Phasenprophylaktikum der ersten Wahl bei uni- und bipolar affektiven Erkrankungen. Außerdem gute akut-antimanische Wirkung und im Rahmen der Lithiumaugmentation (s.u.) auch akut-antidepressiv wirksam.
- Carbamazepin: Das Antiepileptikum kommt alternativ als Phasenprophylaktikum in Betracht.
- Valproinsäure: ebenfalls ein Antiepilektikum. Gute akut-antimanische Wirkung und damit auch guter Rückfallschutz bezüglich manischer Phasen; jedoch nur geringer Schutz vor depressiven Rezidiven.
- Lamotrigin: ein weiteres Antiepileptikum. Wirkt akut und prophylaktisch bei depressiven Phasen im Rahmen bipolar affektiver Erkrankungen. Unwirksam bei manischen Phasen, damit kein echter Stimmungsstabilisierer.
- Antidepressiva: Mit einer Langzeitgabe kann bei unipolar (depressiven) Verläufen ebenfalls eine effektive Rückfallprophylaxe betrieben werden (Alternative zu Lithium); sie schützen natürlich nicht vor manischen Phasen.
- atyp. Neuroleptika: werden neuerdings als Stimmungsstabilisierer erprobt.

14.4.1 Lithium

Lithium ist ein besonderes Medikament. Anders als die sonstigen Pharmaka ist es kein komplexes Molekül, sondern ein Element (Li), noch dazu ein sehr kleines (Ordnungszahl 3 im Periodensystem der Elemente). Es wirkt daher intrazellulär; seine genaue Wirkungsweise ist aber bis heute nicht geklärt (u.a. Beeinflussung von Second-messenger-Systemen und serotoninverstärkende Effekte). Stabil kommt es nur als Salz vor (Lithiumcarbonat, Lithiumacetat u.a.), wirksam ist aber das atomare Li.

Die Geschichte der Lithiumtherapie reicht in das 19. Jahrhundert zurück, als der dänische Wissenschaftler C. Lange es erstmals bei rezidivierenden depressiven Erkrankungen einsetzte. Zunächst in Vergessenheit geraten, entdeckte im Jahr 1949 der australische Forscher J. Cade die akut-antimanische Wirksamkeit: Er gab Meerschweinchen im Rahmen physiologischer Experimente Lithium und beobachtete, dass diese ruhig und zahm wurden. Da damals keines der heute gebräuchlichen Psychopharmaka zur Verfügung stand, kam er auf die Idee, akut-manische Patienten, deren Behandlung damals im Wesentlichen in stationärer Aufnahme, Überwachung und Warten auf das natürliche Phasenende bestand, Lithium zu verabreichen (damals gab es auch noch keine Ethikkommissionen ...) – mit gutem Erfolg. Erst später überlegte man, wie denn Lithium bei Meerschweinchen, die gar keine affektive Erkrankung hatten, antimanisch gewirkt haben soll, und erkannte, dass die sedierende Wirkung bei den Versuchstieren Ausdruck einer erheblichen Lithiumintoxikation war ...

In den 1960er Jahren wurde, u.a. durch den Dänen M. Schou, die rezidivprophylaktische Wirksamkeit von Lithium auf depressive und auf manische Phasen systematisch erforscht. 1981 wurde die Lithiumaugmentation (s.u.) durch den Kanadier de Montigny erstmals beschrieben.

Hauptindikationen von Lithium:
- Phasenprophylaxe bipolar affektiver (manisch-depressiver) Erkrankungen
- Phasenprophylaxe unipolarer affektiver Erkrankungen
- Akut-antimanische Behandlung. (Die antimanische Wirkung resultiert nicht aus einer sedierenden Wirkung - Lithium ist kein Hypnotikum - vielmehr führt die Lithiumtherapie zu einem vorzeitigen Abklingen der Krankheitsphase.)
- Lithium hat eine eigenständige antisuizidale Wirksamkeit (imSinne einer anti-autoaggressiven Wirkung)
- akut-antidepressive Behandlung im Rahmen der Lithiumaugmentation

Lithiumaugmentation ist ein wichtiges Behandlungsverfahren bei therapieresistenten Depressionen. Hat sich eine Monotherapie mit einem Antidepressivum nach ausreichend langer Gabe als unwirksam erwiesen, kann durch die zusätzliche Gabe von Lithium doch noch ein Ansprechen auf das Antidepressivum erzielt werden (es wird eine spezifische Interaktion zwischen den beiden Pharmaka vermutet). Lithium selbst ist als Monotherapeutikum nur schwach akut-antidepressiv wirksam.

Anwendung:
Lithium hat einen schmalen Dosisbereich, der individuell anhand regelmäßiger Messungen des Lithiumserumspiegels (therapeutischer Bereich ca. 0,6–1,0 mmol/l) festgelegt werden muss. Überdosierungen sind gefährlich (insbesondere nephrotoxisch), massive Überdosierungen sogar lebensgefährlich.

Mögliche NW auch bei therapeutischen Serumspiegeln:
- Feinschlägiger Händetremor
- Polyurie, Polydypsie (Patienten sollen aber viel trinken)
- Diarrhoe
- Strumaentwicklung und Hypothyreose (ggf. additive Thyroxingabe)
- Gewichtszunahme
Die meisten Patienten vertragen Lithium aber nebenwirkungsfrei.

Intoxikationszeichen (sollte der Patient kennen!):
- Grobschlägiger Tremor
- Ataxie
- Sprachstörungen
- Erbrechen
- Bewusstseinsstörungen

Lithium wird, im Gegensatz zu den meisten Pharmaka, renal eliminiert (natürlich unmetabolisiert – der Körper betreibt ja keine Kernspaltung!). Nierenerkrankungen sind daher Kontraindikationen. Außerdem muss der Patient sich vor starkem Flüssigkeitsverlust schützen (Anstieg der Lithiumkonzentration bei Wasserverlust, daher ausreichend trinken und cave bei Fieber, Schwitzen, Erbrechen, Diarrhoe etc.). Auch eine salzarme Diät und Diuretika führen zu einem ggf. gefährlichen Anstieg der Lithiumkonzentration (Na und Li konkurrieren um die tubuläre Rückresorbtion)!

14.5 Tranquilizer und Hypnotika

14.5.1 Benzodiazepine

Tranquilizer sind angstlösende (anxiolytische) und sedierende Medikamente. Klinisch relevante Tranquilizer sind die Benzodiazepine (z.B. Diazepam = Valium®, Faustan®). Neben ihrer sedierenden und schlaffördernden sowie anxiolytischen Wirkung sind sie muskelrelaxierend und antikonvulsiv (anti-epileptisch). Auch im Alkoholentzug finden sie Verwendung. Bei längerfristiger Einnahme (> 3 Wochen) können sie abhängig machen und an Wirksamkeit verlieren. Sie wirken verstärkend auf den hemmenden Neurotransmitter GABA (binden an die sog. Benzodiazepin-Bindungsstelle des GABA-Rezeptors im ZNS). Es gibt sehr viele verschiedene Benzodiazepine (Merke: Endung "am"), die sich im Wesentlichen durch ihre Halbwertszeit (und damit bezüglich der Indikationen) unterscheiden.

Kurze Halbwertszeit (bis 10 h)	Mittlere Halbwertszeit (bis 24 h)	Lange Halbwertszeit (mehr als 24 h)
Midazolam (Dormicum®, 1–3 h)	Bromazepam (10–20 h)	Clonazepam (Rivotril®, ~30 h)
Triazolam (Halcion®, 2–5 h)	Tetrazepam (Musaril®, 10–25 h)	Diazepam (Valium®, Faustan®, 30–40 h)
Oxazepam (4–15 h)	Lormetazepam (Noctamid®, 15 h)	Nitrazepam (Mogadan® Radedorm®, ~30 h)
	Lorazepam (Tavor®, 8–24 h)	Flunitrazepam (Rohypnol®, ~25 h)
	Alprazolam (Cassadan®, Tafil®, 10–15 h)	

siehe auch Benzodiazepine pocketcard, BBV, 2000

NW: (Über-)Sedierung, Abhängigkeit, Schlaflosigkeit und epileptische Krampfanfälle im Entzug (immer ausschleichendes Absetzen nach längerer regelmäßiger Einnahme!). Bei Neugeborenen "Floppy-Infant-Syndrom", wenn die Mutter in der Schwangerschaft Benzodiazepine eingenommen hatte (muskuläre Hypotonie mit Saugschwäche).

Nie zu Prüfungen einnehmen!!

Kaffee!!

Hypnotika sind schlaferzeugende Pharmaka. Neben den Benzodiazepinen mit ihrem Abhängigkeitsrisiko wirken etliche Antidepressiva und die niedrigpotenten Neuroleptika sedierend, ohne süchtig zu machen.

14.5.2 Non-Benzodiazepinhypnotika

Benzodiazepinanaloga ("Z-Substanzen"), Zopiclon (z.B. Ximovan®), Zolpidem (z.B. Stilnox®, Bikalm®) und Zaleplon (Sonata®) wirken wie die Benzodiazepine an der Benzodiazepinbindungsstelle der GABA-Rezeptoren. Sie gleichen in ihrer Wirkung den Benzodiazepinen mit einem etwas geringeren Abhängigkeitsrisiko.

14.5.3 Chloralhydrat

Ist ein sehr altes, noch immer gebräuchliches Hypnotikum, das ebenfalls am GABA$_A$-Rezeptor angreift.

14.5.4 Barbiturate

Darunter Phenobarbital, Thiopental; wirken sedierend (schlaferzwingend) und antiepileptisch. Sie wirken direkt auf den GABA$_A$-Rezeptor und haben ebenfalls ein Abhängigkeitsrisiko. Sie spielen heute vor allem in der Anästhesie als Narkotika eine Rolle.

14.5.5 Clomethiazol (Distraneurin®)

Clomethiazol ist ein stark wirkendes atypisches Hypnotikum mit kurzer Wirkdauer. Es hat sedierende, anxiolytische, antikonvulsive und vegetativ dämpfende (RR- und pulssenkende) Eigenschaften, ebenfalls durch Verstärkung der GABA-Wirkung im ZNS. Es wird vor allem im Alkoholentzug eingesetzt, daneben gelegentlich bei Unruhezuständen und Schlafstörungen im Rahmen dementieller Erkrankungen. Da es ein hohes Abhängigkeitsrisiko birgt, ist eine ambulante Verschreibung kontraindiziert!

Nebenwirkungen: bronchiale Verschleimung, Atem- und Kreislaufdepression. Die intravenöse Darreichungsform wurde von der Firma vom Markt genommen, da sie intensivmedizinische Behandlung erforderte (Intubationsbereitschaft) und gut wirksame Alternativen inzwischen zur Verfügung stehen.

14.6 Cyproteron (Androcur®)

Cyproteronacetat (CPA) wurde 1963 von Wiechert in Berlin synthetisiert und von Neuman et al. 1967 als **Antiandrogen** charakterisiert. Cyproteron ist eine steroidal wirksame Substanz mit nicht nur **antiandrogener**, sondern auch **antigonadotroper** und **gestagener** Wirkung, die seit 1973 in peroralen Darreichungsformen erhältlich ist. Aufgrund der sexuellen Appetenzhemmung wird es bei sexuell motivierten Straftätern und sexuell devianten Krankheitsbildern wie der Pädophilie eingesetzt.

Urologisch wird CPA hochdosiert in der palliativen Therapie des inoperablen Prostatakarzinoms verwendet. In niedrigeren Dosierungen findet es Anwendung bei Hauterkrankungen mit hyperandrogenetischer Ätiologie wie z.B. Hirsutismus, Akne, Seborrhoe, aber auch bei gynäkologischen Erkrankungen wie dem polyzystischen Ovarsyndrom (Stein-Leventhal).
Als Nebenwirkungen sind zu nennen: Azospermie, Gewichtszunahme, Gynäkomastie, Depression, Glucoseintoleranz. Aufgrund der gestagenen Wirkung ist es kontraindiziert bei Thromboseneigung und Leberinsuffizienz.

14.7 Substanzen zur Behandlung von Abhängigkeitserkrankungen

14.7.1 Disulfiram (Antabus®)

Durch die **Blockade** des Enzyms **Aldehyd-Dehydrogenase** bewirkt Disulfiram eine verminderte Alkoholintoleranz. Der Patient entwickelt nach Alkoholkonsum Übelkeit, was die Abstinenzquote verbessern soll.

14.7.2 Acamprosat (Campral®)

Wirkt indirekt antagonistisch auf den erregenden Neurotransmitter Glutamat (NMDA-Rezeptor) und fördert bei regelmäßiger Einnahme (3 x tgl.) die Abstinenzrate alkoholabhängiger Patienten. Macht nicht abhängig.

14.7.3 Naltrexon (Nemexin®)

Ein Opiatantagonsit, der bei regelmäßiger Einnahme die Abstinenzquote opiat- (heroin-) und vermutlich auch alkoholabhängiger Pat. verbessert.

14.7.4 Methadon (L-Polamidon®)

Methadon (Racemat aus L- und R-Form) und die reine L-Form (Levometha-don = Polamidon®) (nur die L-Form ist wirksam) sind synthetische Opiate, die im Rahmen einer psychosozialen Betreuung zur Substitutionsbehandlung bei Opiat-, vor allem Heroinabhängigen, eingesetzt werden. Probleme: zusätzliche Einnahme anderer Substanzen ("Beigebrauch") und Verkauf des Methadons auf dem Schwarzmarkt. Auch das Opiat Buprenorphin (Subutex®) wird in dieser Indikation gegeben.

14.8 Methylphenidat (Ritalin®)

Ist ein amphetaminartiges Stimulanz (Analeptikum), das (wie z.B. Morphium dem Betäubungsmittelgesetz unterliegt (u.a. spezielle Rezepte erforderlich). Bei Kindern/Jugendlichen mit hyperkinetischem Syndrom (HKS, ADHS) führt es jedoch aufgrund einer paradoxen Wirkung zu einer Besserung der Symptomatik (Behandlung nur im Rahmen eines psychotherapeutischen Gesamtkonzepts). Es hat eine Sofortwirkung und muss mehrmals am Tag oder als Depottablette (Concerta®) eingenommen werden.

15. Forensische Psychiatrie, rechtliche Bestimmungen, Begutachtung

Arzt-/Patientenvertrag; Ärztliche Schweigepflicht; Einsichtsrecht in Krankenakten und Entziehung der Fahrerlaubnis: siehe Rechtsmedizin.

15.1 Unterbringung

Gemäß § 2 des Grundgesetzes ist die verfassungsmäßige Freiheit eines jeden garantiert:

Artikel 2 des Grundgesetzes
(1) Jeder hat das Recht auf die freie Entfaltung seiner Persönlichkeit, soweit er nicht die Rechte anderer verletzt und nicht gegen die verfassungsmäßige Ordnung oder das Sittengesetz verstößt.
(2) Jeder hat das Recht auf Leben und körperliche Unversehrtheit. Die Freiheit der Person ist unverletzlich. In diese Rechte darf nur auf Grund eines Gesetzes eingegriffen werden.

Eine Beschneidung dieser verfassungsmäßigen Rechte ist nur durch einen richterlichen Beschluss möglich:

Artikel 104 des Grundgesetzes
(1) Die Freiheit der Person kann nur auf Grund eines förmlichen Gesetzes und nur unter Beachtung der darin vorgeschriebenen Formen beschränkt werden. Festgehaltene Personen dürfen weder seelisch noch körperlich misshandelt werden.
(2) Über die Zulässigkeit und Fortdauer einer Freiheitsentziehung hat nur der Richter zu entscheiden. Bei jeder nicht auf richterlicher Anordnung beruhenden Freiheitsentziehung ist unverzüglich eine richterliche Entscheidung herbeizuführen. Die Polizei darf aus eigener Machtvollkommenheit niemanden länger als bis zum Ende des Tages nach dem Ergreifen in eigenem Gewahrsam halten. Das Nähere ist gesetzlich zu regeln.

Es gibt drei prinzipielle Rechtsgrundlagen, nach denen aufgrund psychischer Erkrankung eine Unterbringung in einem Krankenhaus angeordnet werden kann. In jedem Fall bedarf es eines richterlichen Beschlusses.

- Bei akuter Fremd- oder Selbstgefährdung (z.B. Suizidgefahr) **aufgrund einer psychischen Erkrankung** kann der Patient nach dem Gesetz für psychisch Kranke (PsychKG) (länderspezifisch, daher in jedem Bundesland etwas unterschiedliche Rechtslage!) untergebracht werden, sofern die Gefahr nicht durch eine weniger eingreifende Maßnahme abgewendet werden kann. Die Unterbringung erfolgt i.d.R. in der regional zuständigen psychiatrischen Abteilung oder in einem psychiatrischen Fachkrankenhaus (z.B. auf einer geschlossenen Station). Hier handelt es sich also um gewöhnliche Krankenhausstationen; die Unterbringung hat nichts mit einer Straftat oder dem StGB zu tun!

  Die öffentlich-rechtliche Unterbringung muss durch einen psychiatrieerfahrenen Arzt eingeleitet werden – lesen Sie also vor Ihrem ersten kassenärztlichen Notdienst/Ambulanzdienst dieses Buch!

- Zur Behandlung, wenn der Erkrankte aufgrund seiner Erkrankung nicht in der Lage ist, die Behandlungsbedürftigkeit zu erkennen, und sofern vom Gericht ein Betreuer (s.u.!) ernannt worden ist, der auch für den Aufgabenkreis "Gesundheitssorge und Aufenthaltsrecht" bestellt wurde. Eine solche Unterbringung muss dennoch noch einmal explizit vom Gericht (auf Antrag des Betreuers) angeordnet werden. Auch hier: Behandlung in normaler Krankenhausabteilung; kein Zusammenhang mit Straftat oder Strafrecht.

- Bei psychisch kranken **Straftätern** nach den §§ 63 und 64 StGB. In diesem Fall erfolgt die Unterbringung in speziellen Abteilungen oder Krankenhäusern für forensische Psychiatrie (Maßregelvollzug). Diese sind sehr viel stärker (gefängnisähnlich) gesichert als die geschlossene Station eines normalen Krankenhauses. Die Unterbringung gemäß § 63 StGB setzt u.a. voraus, dass der Täter für die Allgemeinheit gefährlich ist, weil von ihm infolge seines Zustandes erhebliche Straftaten zu erwarten sind. Diese Gefährlichkeitsprognose ist aufgrund einer Gesamtwürdigung des Täters und seiner Tat unter Hinzuziehung eines Sachverständigen (§ 246a StPO) zu erstellen.

§ 63 StGB

Unterbringung in einem psychiatrischen Krankenhaus

Hat jemand eine rechtswidrige Tat im Zustand der Schuldunfähigkeit (§ 20 StGB) oder der verminderten Schuldfähigkeit (§ 21 StGB) begangen, so ordnet das Gericht die Unterbringung in einem psychiatrischen Krankenhaus an, wenn die Gesamtwürdigung des Täters und seiner Tat ergibt, dass von ihm infolge seines Zustandes erhebliche rechtswidrige Taten zu erwarten sind und er deshalb für die Allgemeinheit gefährlich ist.

§ 246a StPO

Ist damit zu rechnen, dass die Unterbringung des Angeklagten in einem psychiatrischen Krankenhaus, einer Entziehungsanstalt oder in der Sicherungsverwahrung angeordnet oder vorbehalten werden wird, so ist in der Hauptverhandlung ein Sachverständiger über den Zustand des Angeklagten und die Behandlungsaussichten zu vernehmen. Hat der Sachverständige den Angeklagten nicht schon früher untersucht, so soll ihm dazu vor der Hauptverhandlung Gelegenheit gegeben werden.

15.2 Betreuung

Betreuungsgesetz (vom 1.1.1992)

Das Betreuungsgesetz (BtG) ersetzt "Pflegschaft" und "Vormundschaft". Ein Vormundschaftsgericht bestimmt bei Volljährigen, die aufgrund geistiger, seelischer oder körperlicher Behinderung oder psychischer Krankheit nicht mehr in der Lage sind, ihren täglichen Geschäften nachzugehen, einen Betreuer, der nur die Bereiche regelt, für die er bestellt wurde.

§ 1896 BGB

Voraussetzungen

(1) Kann ein Volljähriger auf Grund einer psychischen Krankheit oder einer körperlichen, geistigen oder seelischen Behinderung seine Angelegenheiten ganz oder teilweise nicht besorgen, so bestellt das Vormundschaftsgericht auf seinen Antrag oder von Amts wegen für ihn einen Betreuer. Den Antrag kann auch ein Geschäftsunfähiger stellen. Soweit der Volljährige auf Grund einer körperlichen Behinderung seine Angelegenheiten nicht besorgen kann, darf der Betreuer nur auf Antrag des Volljährigen bestellt werden, es sei denn, dass dieser seinen Willen nicht kundtun kann.

(2) Ein Betreuer darf nur für Aufgabenkreise bestellt werden, in denen die Betreuung erforderlich ist. Die Betreuung ist nicht erforderlich, soweit die Angelegenheiten des Volljährigen durch einen Bevollmächtigten, der nicht zu den in § 1897 Abs. 3 bezeichneten Personen gehört, oder durch andere Hilfen, bei denen kein gesetzlicher Vertreter bestellt wird, ebenso gut wie durch einen Betreuer besorgt werden können.

(3) Als Aufgabenkreis kann auch die Geltendmachung von Rechten des Betreuten gegenüber seinem Bevollmächtigten bestimmt werden.

(4) Die Entscheidung über den Fernmeldeverkehr des Betreuten und über die Entgegennahme, das Öffnen und das Anhalten seiner Post werden vom Aufgabenkreis des Betreuers nur dann erfasst, wenn das Gericht dies ausdrücklich angeordnet hat.

§ 1903 BGB

Einwilligungsvorbehalt

(1) Soweit dies zur Abwendung einer erheblichen Gefahr für die Person oder das Vermögen des Betreuten erforderlich ist, ordnet das Vormundschaftsgericht an, dass der Betreute zu einer Willenserklärung, die den Aufgabenkreis des Betreuers betrifft, dessen Einwilligung bedarf (Einwilligungsvorbehalt). Die §§ 108 bis 113, 131 Abs. 2 und § 210 gelten entsprechend.

(2) Ein Einwilligungsvorbehalt kann sich nicht erstrecken auf Willenserklärungen, die auf Eingehung einer Ehe oder Begründung einer Lebenspartnerschaft gerichtet sind, auf Verfügungen von Todes wegen und auf Willenserklärungen, zu denen ein beschränkt Geschäftsfähiger nach den Vorschriften des Buches vier und fünf nicht der Zustimmung seines gesetzlichen Vertreters bedarf.

(3) Ist ein Einwilligungsvorbehalt angeordnet, so bedarf der Betreute dennoch nicht der Einwilligung seines Betreuers, wenn die Willenserklärung dem Betreuten lediglich einen rechtlichen Vorteil bringt. Soweit das Gericht nichts anderes anordnet, gilt dies auch, wenn die Willenserklärung eine geringfügige Angelegenheit des täglichen Lebens betrifft.

(4) § 1901 Abs. 5 gilt entsprechend.

IMPP IMPP spezial: Die Betreuung wird individuell nur für die Bereiche geregelt, die der Betreute nicht mehr wahrnehmen kann (z.B. Finanzen, Gesundheit).

15.3 Geschäfts- und Testierfähigkeit

§ 104 BGB

Geschäftsunfähigkeit

Geschäftsunfähig ist:
1. wer nicht das siebente Lebensjahr vollendet hat,
2. wer sich in einem die freie Willensbestimmung ausschließenden Zustand krankhafter Störung der Geistestätigkeit befindet, sofern nicht der Zustand seiner Natur nach ein vorübergehender ist.

§ 105 BGB

Nichtigkeit der Willenserklärung

(1) Die Willenserklärung eines Geschäftsunfähigen ist nichtig.
(2) Nichtig ist auch eine Willenserklärung, die im Zustand der Bewusstlosigkeit oder vorübergehenden Störung der Geistestätigkeit abgegeben wird.

§ 2229 BGB

Testierfähigkeit Minderjähriger, Testierunfähigkeit

(1) Ein Minderjähriger kann ein Testament erst errichten, wenn er das 16. Lebensjahr vollendet hat.
(2) Der Minderjährige bedarf zur Errichtung eines Testaments nicht der Zustimmung seines gesetzlichen Vertreters.
(3) (weggefallen)
(4) Wer wegen krankhafter Störung der Geistestätigkeit, wegen Geistesschwäche oder wegen Bewusstseinsstörung nicht in der Lage ist, die Bedeutung einer von ihm abgegebenen Willenserklärung einzusehen und nach dieser Einsicht zu handeln, kann ein Testament nicht errichten.

§ 828 BGB

(3) Wer das 18. Lebensjahr noch nicht vollendet hat, ist, sofern seine Verantwortlichkeit nicht nach Absatz 1 oder 2 ausgeschlossen ist, für den Schaden, den er einem anderen zufügt, nicht verantwortlich, wenn er bei der Begehung der schädigenden Handlung nicht die zur Erkenntnis der Verantwortlichkeit erforderliche Einsicht hat.

15.4 Verhandlungs-, Vernehmungs- und Prozessfähigkeit

- Verhandlungsfähigkeit: Der Patient ist in der Lage, dem Prozessverlauf zu folgen und seine Interessen in der Verhandlung wahrzunehmen.

- Vernehmungsfähigkeit: nur geringe Ansprüche an die psychische Gesundheit. Wichtigste Voraussetzung ist die Fähigkeit zur geordneten Kommunikation (verstehen und sich äußern).

- Prozessfähigkeit: Die Fähigkeit, einen Prozess selbst, ggf. mit der Hilfe eines bestellten Vertreters, zu führen, einschließlich der Fähigkeit, Prozesshandlungen (z.B. Anträge) wirksam vorzunehmen.

15.5 Schuldfähigkeit

§ 20 StGB

Schuldunfähigkeit wegen seelischer Störungen

Ohne Schuld handelt, wer bei Begehung der Tat wegen einer krankhaften seelischen Störung, wegen einer tiefgreifenden Bewusstseinsstörung oder wegen Schwachsinns oder einer schweren anderen seelischen Abartigkeit unfähig ist, das Unrecht der Tat einzusehen oder nach dieser Einsicht zu handeln.

Es gibt also vier Kategorien der Schuldunfähigkeit. Die juristische Nomenklatur deckt sich nicht mit der psychiatrischen! Versuch einer Übersetzung:
- "Krankhafte seelische Störung": hirnorganische (z.B. dementielle) Erkrankungen, endogene Psychosen
- "Tiefgreifende Bewusstseinsstörung": Störungen aus nichtkrankhaften Zuständen heraus wie Erschöpfung und hochgradiger Affekt
- "Schwachsinn" (IQ < 70)
- "Schwere andere seelische Abartigkeit": Persönlichkeitsstörungen, schwere Neurose

§ 21 StGB

Verminderte Schuldfähigkeit

Ist die Fähigkeit des Täters, das Unrecht der Tat einzusehen oder nach dieser Einsicht zu handeln, aus einem der in § 20 bezeichneten Gründe bei Begehung der Tat erheblich vermindert, so kann die Strafe nach § 49 Abs. 1 gemildert werden.

Bei Taten unter starkem Alkohol- oder Rauschgiftgenuss kann durch die hervorgerufene Bewusstseinsstörung eine Verminderung der Einsichtsfähigkeit des Täters vorliegen, so dass die Schuldfähigkeit vermindert ist.

MPP

Läge eine "komplette" Unfähigkeit vor, das Unrecht einzusehen, würde § 20 greifen.

16. ICD-10

International Classification of Diseases, 10. Auflage	
ICD-Nr.	Psychische Störungen
F0	Organische, einschließlich symptomatischer psychischer Störungen
F00	Demenz bei Alzheimer-Krankheit
F01	Vaskuläre Demenz
F02	Demenz bei sonstigen andernorts klassifizierten Krankheiten
F03	Nicht näher bezeichnete Demenz
F04	Organisches amnestisches Syndrom, nicht durch Alkohol oder sonstige psychotrope Substanzen bedingt
F05	Delir, nicht durch Alkohol oder sonstige psychotrope Substanzen bedingt
F06	Sonstige psychische Störungen aufgrund einer Schädigung oder Funktionsstörungen des Gehirns oder einer körperlichen Krankhe
F07	Persönlichkeits- und Verhaltensstörungen aufgrund einer Krankheit, Schädigung oder Funktionsstörung des Gehirns
F09	Nicht näher bezeichnete organische oder symptomatische Störungen
F1	Psychische und Verhaltensstörungen durch psychotrope Substanzen
F10	Störungen durch Alkohol
F11	Störungen durch Opioide
F12	Störungen durch Cannabinoide
F13	Störungen durch Sedativa und Hypnotika

F14	Störungen durch Kokain
F15	Störungen durch sonstige Stimulanzien einschließlich Koffein
F16	Störungen durch Halluzinogene
F17	Störungen durch Tabak
F18	Störungen durch flüchtige Lösungsmittel
F19	Störungen durch multiplen Substanzgebrauch und Konsum sonstiger psychotroper Substanzen

Die vierte (und fünfte) Stelle beschreibt das klinische Erscheinungsbild:

Fxx.0	Akute Intoxikation
Fxx.1	Schädlicher Gebrauch
Fxx.2	Abhängigkeitssyndrom
Fxx.3	Entzugssyndrom
Fxx.4	Entzugssyndrom mit Delir
Fxx.5	Psychotische Störung
Fxx.6	Amnestisches Syndrom
Fxx.7	Restzustand und verzögert auftretende psychotische Störung
Fxx.8	Sonstige psychische und Verhaltensstörungen
Fxx.9	Nicht näher bezeichnete psychische und Verhaltensstörung

F2	Schizophrenie, schizotype und wahnhafte Störungen
F20	Schizophrenie
F21	Schizotype Störungen
F22	Anhaltende wahnhafte Störungen
F23	Akute vorübergehende psychotische Störungen

F24	Induzierte wahnhafte Störungen
F25	Schizoaffektive Störungen
F28	Sonstige nichtorganische psychotische Störungen
F29	Nicht näher bezeichnete nichtorganische Psychose
F3	Affektive Störungen
F30	Manische Episode
F31	Bipolare affektive Störungen
F32	Depressive Episode
F33	Rezidivierende depressive Störungen
F34	Anhaltende affektive Störungen
F38	Sonstige affektive Störungen
F39	Nicht näher bezeichnete affektive Störungen
F4	Neurotische-, Belastungs- und somatoforme Störungen
F40	Phobische Störungen
F41	Sonstige Angststörungen
F42	Zwangsstörungen
F43	Reaktionen auf schwere Belastungen und Anpassungsstörungen
F44	Dissoziative Störungen (Konversionsstörungen)
F45	Somatoforme Störungen
F48	Sonstige neurotische Störungen
F5	Verhaltensauffälligkeiten mit körperlichen Störungen und Faktoren
F50	Essstörungen

F51	Nichtorganische Schlafstörungen
F52	Nichtorganische sexuelle Funktionsstörungen
F53	Psychische und Verhaltensstörungen im Wochenbett, nicht andernorts klassifizierbar
F54	Psychische Faktoren und Verhaltenseinflüsse bei andernorts klassifizierten Krankheiten
F55	Missbrauch von nicht abhängigkeitserzeugenden Substanzen
F59	Nicht näher bezeichnete Verhaltensauffälligkeiten mit körperlichen Störungen und Faktoren
F6	Persönlichkeits- und Verhaltensstörungen
F60	Persönlichkeitsstörungen
F61	Kombinierte und sonstige Persönlichkeitsstörungen
F62	Andauernde Persönlichkeitsstörungen, nicht Folge einer Schädigung oder Krankheit des Gehirns
F63	Abnorme Gewohnheiten und Störungen der Impulskontrolle
F64	Störungen der Geschlechtsidentität
F65	Störungen der Sexualpräferenz
F66	Psychische und Verhaltensprobleme in Verbindung mit der sexuellen Entwicklung und Orientierung
F68	Sonstige Persönlichkeits- und Verhaltensstörungen
F69	Nicht näher bezeichnete Persönlichkeits- und Verhaltensstörungen
F7	Intelligenzminderung
F70	Leichte Intelligenzminderung
F71	Mittelgradige Intelligenzminderung
F72	Schwere Intelligenzminderung

F73	Schwerste Intelligenzminderung
F78	Sonstige Intelligenzminderung
F79	Nicht näher bezeichnete Intelligenzminderung
F8	Entwicklungsstörungen
F80	Umschriebene Entwicklungsstörungen des Sprechens und der Sprache
F81	Umschriebene Entwicklungsstörungen schulischer Fertigkeiten
F82	Umschriebene Entwicklungsstörungen der motorischen Funktionen
F83	Kombinierte umschriebene Entwicklungsstörungen
F84	Tiefgreifende Entwicklungsstörungen
F88	Sonstige Entwicklungsstörungen
F89	Nicht näher bezeichnete Entwicklungsstörungen
F9	Verhaltens- und emotionale Störungen mit Beginn in der Kindheit und Jugend
F90	Hyperkinetische Störungen
F91	Störungen des Sozialverhaltens
F92	Kombinierte Störungen des Sozialverhaltens und der Emotionen
F93	Emotionale Störungen des Kindesalters
F94	Störungen sozialer Funktionen mit Beginn in der Kindheit und Jugend
F95	Ticstörungen
F98	Sonstige Verhaltens- und emotionale Störungen mit Beginn in der Kindheit und Jugend
F99	Nicht näher bezeichnete psychische Störungen

17. Repetitorium

Zeit für eine Prüfung ...

In welche Punkte unterteilt sich der psychopathologische Befund?

Nennen Sie je ein Beispiel für eine inhaltliche und eine formale Denkstörung!

Gibt es organisch bedingte Psychosen, die reversibel sind? Was ist ein Korsakow-Syndrom?

Nennen Sie Beispiele für Negativ- und Positivsymptome schizophrener Erkrankungen. Was sind die Wahnkriterien? Was versteht man unter Katatonie und schizophrenem Autismus?

Welche Formen des schädlichen Alkoholkonsums gibt es? Wie ist Sucht definiert? Wann findet man bei der Alkoholabhängigkeit eher akustische, wann optische Halluzinationen? In welche Abschnitte unterteilt man die Suchtbehandlung (am Beispiel der Alkoholabhängigkeit)?

Was ist eine affektive Psychose? Welche Verlaufsformen kennen Sie?

Nennen Sie zwei psychische und zwei körperliche Symptome sowohl für die Depression als auch für die Manie!

Was ist eine Psychose, was sind nichtpsychotische Erkrankungen?

In welche Formen unterteilt man die Angsterkrankungen? Welche drei Hauptformen von Zwangssymptomen kennen Sie?

Nennen Sie vier Abwehrmechanismen!
In welche Entwicklungsphasen hat Freud die kindliche Entwicklung eingeteilt?

Welche beiden grundsätzlichen Kriterien müssen erfüllt sein, um eine Persönlichkeitsstörung zu diagnostizieren? Wann beginnt eine Persönlichkeitsstörung? Nennen Sie drei Beispiele für spezifische Persönlichkeitsstörungen!

Nennen Sie mögliche Ursachen kindlicher seelischer Störungen. Erklären Sie
den möglichen psychodynamischen Mechanismus, der zu einer Anorexie
führt. Was versteht man unter dem Asberger-, was unter dem Kanner-
Syndrom?

Ein Patient äußert Ihnen gegenüber Selbstmordgedanken. Wie reagieren Sie?
Wann und auf welcher gesetzlichen Grundlage lassen Sie einen Patienten
einweisen?

Was beschreibt die Abstinenzregel? Was verstehen Sie unter "Gegenübertragung"? Welche Mechanismen macht sich die Verhaltenstherapie zunutze?

Sie sind Berufsanfänger im Nachtdienst und werden mit einem psychotischen, ängstlich agitierten Patienten konfrontiert, der offensichtlich unter
optischen Halluzinationen leidet. Wie gehen Sie vor, welche psychopathologischen Befunde könnten hier erhoben werden?

"Gehab Dich wohl, lieber Leser ..."

Für Tipps und Anregungen dankbar:

Priv.-Doz. Dr. med. Tom Bschor
Jüdisches Krankenhaus Berlin
Abteilung für Psychiatrie und Psychotherapie
Heinz-Galinski-Straße 1
13347 Berlin
t@bschor.de

Dr. Steffen Grüner
Schloßstraße 102
49080 Osnabrück
Dr.S.Gruener@t-online.de

Literaturliste

Arbeitsgemeinschaft für Methodik und Dokumentation in der Psychiatrie (AMDP): Das AMDP-System. Manual zur Dokumentation psychiatrischer Befunde. Hogrefe, Göttingen, 7. Auflage 2000

Bäuml, J.: Psychosen aus dem schizophrenen Formenkreis. Springer, Berlin, 2005

Benkert, O.; Hippius, H.: Kompendium der psychiatrischen Pharmakotherapie. Springer, Berlin, 4. Auflage 2003

Berger, M.: Psychische Erkrankungen. Urban & Fischer, München, 2. Auflage 2003

Gegenstandskatalog/Original-Prüfungsfragen der Ärztlichen Prüfung. Institut für Medizinische und Pharmazeutische Prüfungsfragen, Mainz

Lieb, K.; Brunnhuber, S.: Intensivkurs Psychiatrie und Psychotherapie. Urban & Fischer, München, 5. Auflage 2004

Peters, U. H.: Lexikon Psychiatrie, Psychotherapie, Medizinische Psychologie. Urban & Fischer, München, 5. Auflage 2004

Roche Lexikon Medizin. Urban & Schwarzenberg, München, 5. Auflage 2003

Tölle, R.: Psychiatrie. Springer, Berlin, 13. Auflage 2003

A

Neurologie pocket

Das Bedside-Schweizermesser für die Kitteltasche!

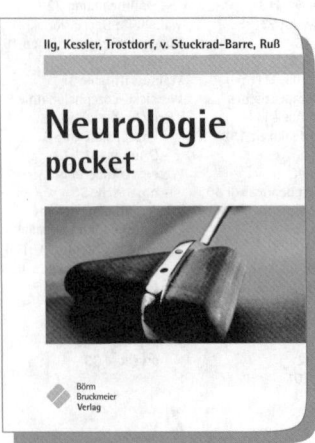

Ilg, Kessler, Trostdorf, v. Stuckrad-Barre, Ruß

Neurologie pocket

Börm
Bruckmeier
Verlag

ISBN 3-89862-253-3
EUR 14,80 | sFr 28,80

- Das Neurologie pocket ist eine **perfekte Handlungs-anleitung** für den klinisch tätigen Neurologen und alle Kliniker, die in den Nachbarfächern der Neurologie tätig sind (Psychiatrie, Innere Medizin, Orthopädie, Chirurgie)

- Jedes Kapitel ist klar gegliedert nach Übersicht, Diagnostik, Skalen, Scores & Nützliches, Therapie

- **Zusätzlich:** Sämtliche neuropsychiatrischen Medikamente mit Generika, viele Testvorlagen zum Kopieren

Börm
Bruckmeier
Verlag

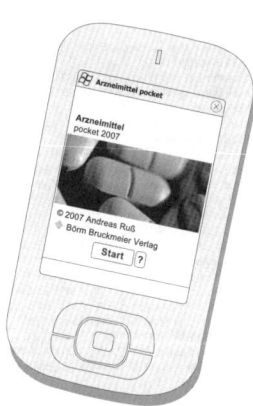
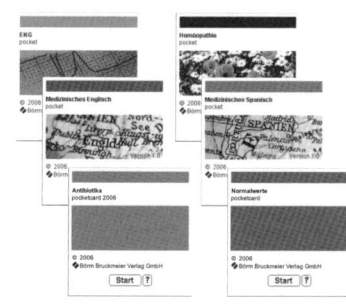

Programmübersicht

pockets

- Anamnese & Untersuchung p. EUR 14,80 (ISBN 3-89862-213-4)
- Anatomie fast EUR 12,80 (ISBN 3-89862-222-3)
- Arzneimittel manual 2005-2006 EUR 29,80 (ISBN 3-89862-248-7)
- Arzneimittel Phytotherapie pocket EUR 14,80 (ISBN 3-89862-258-4)
- Arzneimittel pocket 2006 EUR 12,80 (ISBN 3-89862-255-X)
- Arzneimittel pocket plus EUR 18,80 (ISBN 3-89862-256-8)
- Arzneimittel Therapie pocket 2005-2006 EUR 12,80 (ISBN 3-89862-244-2)
- Arzneimittel Wirkungen pocket EUR 16,80 (ISBN 3-89862-204-5)
- Bach-Blüten pocket EUR 14,80 (ISBN 3-89862-710-1)
- Biologie fast EUR 12,80 (ISBN 3-89862-232-0)
- Chirurgie fast EUR 16,80 (ISBN 3-89862-261-4)
- Chirurgische Wirkungen pocket EUR 14,80 (ISBN 3-89862-228-2)
- Differenzialdiagnose pocket EUR 14,80 (ISBN 3-89862-236-3)
- EKG pocket EUR 14,80 (ISBN 3-89862-221-5)
- EKG Fälle pocket EUR 14,80 (ISBN 3-89862-266-5)
- GK 3 Termini pocket EUR 12,80 (ISBN 3-89862-226-6)
- Homöopathie pocket EUR 14,80 (ISBN 3-89862-246-0)

- Homöopathie für Kinder pocket EUR 14,80 (ISBN 3-89862-247-9)
- Heilpraktiker Kompaktwissen pocket EUR 14,80 (ISBN 3-89862-259-2)
- Infektionen pocket EUR 14,80 (ISBN 3-89862-216-9)
- Labormedizin pocket EUR 14,80 (ISBN 3-89862-254-1)
- Klassifikationen pocket EUR 14,80 (ISBN 3-89862-251-7)
- Medizinisches Englisch pocket EUR 14,80 (ISBN 3-89862-239-8)
- Medizinisches Französisch pocket EUR 14,80 (ISBN 3-89862-264-9)
- Medizinisches Spanisch pocket EUR 14,80 (ISBN 3-89862-240-1)
- Neurologie pocket EUR 14,80 (ISBN 3-89862-253-3)
- Normalwerte pocket EUR 12,80 (ISBN 3-89862-230-4)
- Notaufnahme Innere Medizin pocket EUR 14,80 (ISBN 3-89862-245-2)
- Patientologie EUR 34,80 (ISBN 3-89862-908-2)
- Psychiatrie fast EUR 12,80 (ISBN 3-929785-93-5)
- Wörterbuch Medizin EUR 9,80 (ISBN 3-89862-267-3)

pocketcards

- Anamnese & Untersuchung EUR 3,30 (ISBN 3-929785-84-6)
- Anästhesie-Intensivmeds Set (2) EUR 5,50 (ISBN 3-89862-042-5)
- Antibiotika 2006 EUR 3,30 (ISBN 3-89862-048-4)
- Antimykotika EUR 3,30 (ISBN 3-89862-021-2)
- Echokardiographie Set EUR 5,50 (ISBN 3-89862-051-4)
- EKG EUR 3,30 (ISBN 3-929785-72-2)
- EKG Auswertung EUR 3,30 (ISBN 3-929785-36-6)
- EKG Lineal EUR 3,30 (ISBN 3-89862-011-5)
- EKG Set EUR 7,70 (ISBN 3-89862-015-8)
- Elektrolytstörungen EUR 3,30 (ISBN 3-89862-002-6)
- Erste Hilfe Set (3) EUR 7,70 (ISBN 3-89862-014-X)
- Lungenfunktion EUR 3,30 (ISBN 3-929785-75-7)
- Med Englisch Set EUR 5,50 (ISBN 3-89862-050-6)
- Med Spanisch Set (2) EUR 5,50 (ISBN 3-89862-049-2)
- Neonatologie Set (2) EUR 5,50 (ISBN 3-89862-053-0)
- Neurologie Set (2) EUR 5,50 (ISBN 3-89862-016-6)
- Normalwerte EUR 3,30 (ISBN 3-89862-017-4)

- Notfallmedizin Set (2) EUR 5,50 (ISBN 3-89862-018-2)
- Pädiatrie Development EUR 3,30 (ISBN 3-929785-82-X)
- Periodensystem EUR 3,30 (ISBN 3-89862-019-0)
- Physikalische Größen EUR 3,30 (ISBN 3-89862-020-4)
- Präklinisches Schlaganfall-Managment EUR 3,30 (ISBN 3-89862-046-8)
- Psychiatrie EUR 3,30 (ISBN 3-89862-047-6)
- Reanimation EUR 3,30 (ISBN 3-89862-009-3)
- Reflexzonen EUR 3,30 (ISBN 3-89862-000-X)
- Regionalanästhesie Set (3) EUR 7,70 (ISBN 3-89862-052-2)
- Säure-Basen EUR 3,30 (ISBN 3-929785-37-4)
- Sehproben EUR 3,30 (ISBN 3-89862-013-1)
- Stroke Set (2) EUR 5,50 (ISBN 3-89862-045-X)
- Terminologie Set EUR 5,50 (ISBN 3-89862-003-4)
- The English Patient Set EUR 5,50 (ISBN 3-929785-86-2)
- TNM EUR 3,30 (ISBN 3-89862-023-9)